Marie-Aude Murail stammt aus einer Schriftstellerfamilie aus Le Havre, Frankreich. Sie studierte Philosophie an der Sorbonne. Sie zählt zu den beliebtesten Kinder- und Jugendbuchautorinnen Frankreichs und wurde mit zahlreichen Preisen geehrt.
Für ›Simpel‹ wurde sie von der Jugendjury mit dem Deutschen Jugendliteraturpreis ausgezeichnet.
Ihre Jugendbücher erscheinen auf Deutsch exklusiv bei Fischer Schatzinsel.

Folgende Titel von Marie-Aude Murail sind bereits lieferbar: ›Von wegen, Elfen gibt es nicht!‹ (Bd. 80426), ›Drei für immer‹ (Bd. 80995), ›Simpel‹ (Bd. 80649) und ›Über kurz oder lang‹ (gebunden). Weitere Titel sind in Vorbereitung.

Marie-Aude Murail

SO ODER SO IST DAS LEBEN

Aus dem Französischen
von Tobias Scheffel

**FISCHER
SCHATZINSEL**

Fischer Schatzinsel
www.fischerschatzinsel.de

2. Auflage: Februar 2011

Die französische Originalausgabe erschien 2006 unter dem Titel
›La fille du docteur Baudoin‹ bei l'école des loisirs, Paris
© 2006 l'école des loisirs, Paris
Für die deutschsprachige Ausgabe:
© S. Fischer Verlag GmbH, Frankfurt am Main 2011
Umschlaggestaltung: Moni Port unter Verwendung
eines Fotos von plainpicture / Fancy
Satz: pagina GmbH, Tübingen
Druck und Bindung: CPI – Clausen & Bosse, Leck
Printed in Germany
ISBN 978-3-596-85359-5

Nach den Regeln der neuen Rechtschreibung

*Glück ergibt nur leere Seiten.
Aber eine Herausforderung meistern
füllt schon ein ganzes Kapitel ...*
                    Boris Cyrulnik

Für Dounia

Mit herzlichem Dank
an Laurence Wittke und Anne Vaudoyer

1
Herzlich willkommen in Schweinchenland!

Jeden Abend unter der Woche erlebte Doktor Baudoin einen – allerdings recht kurzen – Glücksmoment, wenn er den Fahrstuhl nahm. Während die kleine verglaste Kabine zu seiner luxuriösen Wohnung emporschwebte, gab er zusammen mit seinem Lederköfferchen einen tiefen Seufzer von sich. So, wieder ein Arbeitstag beendet.

An diesem Abend kam er früh nach Hause. Er würde mit der Familie zu Abend essen können, mit seiner Frau Stéphanie und den drei Kindern, seinem eigen Fleisch und Blut, seinen Augensternen Violaine, siebzehn, Paul-Louis, fünfzehn, und Mirabelle, acht. Fünfter Stock, bitte alles aussteigen.

»Ach, hallo, Papa! Sixtus lädt mich zu seiner Nobelparty nächsten Monat ein.« Paul-Louis fuchtelte mit seinem Handy vor ihm herum, um ihm klarzumachen, dass er gerade telefonierte.

»Aber ich brauch einen Anzug.«

Doktor Baudoin sah seinen Sohn an, und ihm fiel nicht die geringste Antwort ein, nicht einmal das klassische: *Wie schön, so begrüßt zu werden.* Er betrat das Wohnzimmer, in dem die Jungs von *Miami Vice* gerade unter Sirenengeheul aufs Sofa feuerten.

»Bist du taub?«, brüllte Doktor Baudoin seiner ältesten Tochter zu.

Violaine hielt sich ein Kissen als kugelsichere Weste vor die Brust, machte »Hä?« und begnügte sich damit, weiterzuzappen, ohne den Fernseher leiser zu drehen.

»Geht das klar mit dem Anzug?«, erkundigte sich Paul-Louis von hinten.

»Ist eure Mutter da?«, fragte Doktor Baudoin.

Da er wusste, dass er keine Antwort bekommen würde, begab er sich auf die Suche nach Stéphanie und stieß im Flur mit seiner Jüngsten zusammen.

»Oh, Papa!«, rief Mirabelle. »Ich weiß, das ist nicht echt, und es gibt im Leben andere Gründe zum Heulen, aber gerade hatte ich endlich zwei Schweine gewonnen, und die waren außerdem kurz davor, ein Baby zu kriegen! Aber irgendjemand ist bei mir rein und hat einen Wolf da ausgesetzt, der meine Schweinefrau gefressen hat. Und jetzt hat mein armes Schwein keine Freude mehr am Leben.«

Sie war den Tränen nahe.

»Sag mal, wovon redest du?«, rief ihr Vater entsetzt.
»Von *Schweinchenland*«, erklärte die Kleine schniefend. »Im Internet.«
»Papa«, jammerte Paul-Louis, »was sag ich jetzt Sixtus?«
Doktor Baudoin verdrehte die Augen. Kaum zu glauben, dass er diesen Jungen vergöttert hatte, als er drei war und sie ihn Pilou nannten!
»Sag ihm, dein Vater leiht dir seine Kreditkarte«, antwortete er, ohne zu überlegen, dass sein Sohn ihn beim Wort nehmen würde.
Ziemlich abrupt schlug er seinen Kindern die Küchentür vor der Nase zu. Stéphanie schreckte auf. Sie leckte sich gerade die Finger ab.
»Oh, so früh schon! Ich mach nur schnell eine Bechamelsoße … mit cholesterinarmer Butter.«
Auch seine Frau hatte er vergöttert. Als er sie geheiratet hatte, war sie zehn Jahre jünger gewesen als er. Na, inzwischen war sie immer noch zehn Jahre jünger als er, aber seit ihrem *kleinen Problem* in der Brust hatte sie auch zehn Kilo zugenommen. Ihr Mann küsste sie auf die Wange.
»Heilige Supernanny, bete für uns!«, sagt er in jenem weltmännischen Ton, der ihm so gut stand. »Was habe ich dem lieben Gott nur getan, dass er mir eine am Sofa klebende Schnecke, einen Modejunkie und eine virtuelle Schweinehirtin anhängt?«

»Sprichst du von deinen Kindern?«
»Mir wär lieber, es wären die vom Nachbarn.«
»Warum sagst du das? Wenn man dich so hört, könnte man denken, du liebst sie nicht.«
»Ich liebe sie ja ... Aber trotzdem hätte ich sie nach der Geburt ertränken sollen.«
Stéphanie war den Humor ihres Mannes zwar gewohnt, dennoch runzelte sie die Stirn.
»Du bekommst Falten«, bemerkte Jean und glättete ihr mit dem Zeigefinger die Stirn. »Na gut, nächstes Wochenende fahren wir nach Deauville, und zwar nur wir zwei.«
Eine leichte Röte überzog Stéphanies Gesicht und Dekolleté. Sie wiederum vergötterte ihren Mann noch immer. Seine Geste gerade oder seine Art, sich an die Spüle zu lehnen, machten sie noch immer verrückt, als seien sie frisch verheiratet.
»Kannst du dich von Chasseloup vertreten lassen?«, fragte sie.
Doktor Chasseloup war seit einem halben Jahr der junge Praxiskollege von Doktor Baudoin.
»Ich brauch ihn nur zu bitten.«
»Bist du immer noch zufrieden mit ihm?«
»Ja, warum nicht?«
»Er wirkt ein bisschen wie der ›Ritter von der traurigen Gestalt‹. Er sieht aus, als hätte ihm was auf den Magen geschlagen.«

Jean lachte und schloss leichthin:
»Armer Chasseloup!«

Beim Abendessen war zunächst die Rede von dem gemeinen Kerl, der sich unter dem Namen anderer Leute einloggte, um deren Schweine zu fressen.
»Ich weiß nicht, wie der mein Passwort rausbekommen hat«, fragte sich Mirabelle.
»Es lautet ›Apfel‹«, erwiderte ihr Bruder
»Woher weißt du das?«, fragte die Kleine empört.
»Das ist doch dein MSN-Nickname!«
»Dann werd ich's ändern«, murrte Mirabelle.
»Nimm aber nicht ›Pflaume‹«, empfahl ihr Vater.
»Ich find das besonders gemein, weil sie gerad' ein Baby bekommen sollten«, murmelte das Mädchen, erneut den Tränen nah. »Ich hatte noch nie ein Schweinchenbaby.«
Es war kurz still am Tisch, jeder hielt sich mit Lachen zurück.
»Ach übrigens«, fragte Paul-Louis plötzlich seinen Vater, »könntest du mir deine Kreditkarte gleich morgen leihen?«
Jean hörte einen Augenblick auf zu kauen, als versuche er herauszufinden, was die Frage wohl bedeuten sollte, dann sagte er:
»Das war ein Scherz.«
»Ach so?«

Paul-Louis war auf dem Stuhl zusammengezuckt, als hätte er einen Stromschlag bekommen. Er war gezwungen, seine Gefühle zu spielen, denn ganz allgemein empfand er keine.

»Aber das ist 'ne schicke Party, da werden wir rausgeschmissen, wenn wir keinen Anzug haben!«

»Und eine Krawatte«, erinnerte ihn Mirabelle.

»Das klären wir noch«, bemerkte Stéphanie rasch, um eine Auseinandersetzung zwischen Vater und Sohn zu verhindern.

Paul-Louis begriff, dass er die Kreditkarte seiner Mutter bekommen würde.

»Na, Violaine, du bist so still?«, bemerkte Doktor Baudoin. »Hast du heute deinen Stundenplan bekommen?«

Violaine zu heißen mag schwierig sein. Wie durch ein Wunder hatte Violaine das Aussehen, das ihr Vorname forderte. Tiefdunkles, braunes Haar, sehr weiße Haut und blaue Augen mit einem Stich ins Violette. Trotz einer gewissen jugendlichen Trägheit, die sie häufig Schultern und Hals hängen ließ, war sie sehr hübsch.

»Stundenplan?«, wiederholte sie, als würde sie das Wort zum ersten Mal hören.

»Ja, Stundenplan«, sagte ihr Vater, der sich allmählich aufregte. »Da steht drauf: Montag, Dienstag, Mittwoch …«

»Ist ja gut«, brummelte sie. »Ist noch derselbe.«
Violaine war im Gymnasium gerade in die Abschlussklasse gekommen – im naturwissenschaftlichen Zweig.
»Ich pack's sowieso nicht. Ich glaub, ich mach eher den sprachlichen Zweig. Das ist nützlicher.«
»Was?«, rief Doktor Baudoin. »Aber du hast doch dieses Jahr deine Abiprüfung!«
»Ich will auf eine Journalistenschule«, fuhr Violaine fort, scheinbar ohne den Einwand ihres Vaters zu bemerken.
»Das ist megateuer«, bemerkte ihr Bruder zustimmend, der offenbar den Auftrag hatte, seine Eltern zu maximalen Ausgaben zu nötigen.
Jean warf seiner Frau einen erschütterten Blick zu, und sie versuchte erneut, dazwischenzugehen:
»Mit einem naturwissenschaftlichen Abi kann man Wissenschaftsjournalismus machen …«
»Ja, also nein«, unterbrach Violaine sie mit ihrer trägen Stimme. »Also was ich machen will, das sind so Reportagen wie über den Wirbelsturm in Louisiana …«
Es war derart jämmerlich, dass nicht einmal ihre Mutter etwas darauf zu antworten wusste. Jean wandte sich der kleinen Mirabelle zu:
»Im Grunde genommen ist es gut, dass dein Schweinebaby gefressen wurde. Denn sonst wäre es gewachsen, hätte später einen Anzug mit Krawatte anziehen und in Katastrophenfilmen spielen wollen.«

»Verzweifelter Versuch von Humor«, bemerkte Paul-Louis zu seinem Teller.
Sein Vater zog es vor, nicht darauf einzugehen.

Nach dem Essen machte sich jeder rasch an seine persönlichen Dinge. Mirabelle war knapp vorm Nervenzusammenbruch, sie musste ihrem Küken auf *chickentofight* Kampfsport beibringen, den Mist ihres Drachens in *ziehdendrachenauf.com* beseitigen, Schulbedarf für die Bärchen von *bearslife* kaufen und auf *my-e-farm* die Kühe melken. Zum Glück steckte ihre Mutter den Kopf zur Tür herein und befreite sie von der letzten Bürde:
»Mach sofort den Computer aus! Hast du deinen Ranzen gepackt?«
Im Nachbarzimmer war Paul-Louis, der brillante Elftklässler, mit Sixtus Beaulieu de Lassalle, seinem Freund aus den reichen Vierteln, per MSN in ein philosophisches Gespräch vertieft:

pilou <pfgadget@hotmail.fr>
pilou sagt:
gibs bei deiner party mädels?
sissi <colonelchabert@hotmail.fr>
sissi sagt:
nur schlampen bring tüten mit

Tüte war das Codewort für Kondom. Die beiden Jungs prahlten umso mehr mit ihren künftigen Heldentaten, als sie noch nicht viele davon hatten verbuchen können.

Auf der anderen Seite der Wand war Violaine dabei, ihre Flatrate auszureizen, indem sie mit Adelaide Beaulieu de Lassalle telefonierte, der älteren Schwester von Sixtus, die gerade sagte:

»Er ist voll verrückt nach dir, aber er traut sich nicht, dich anzusprechen. Jonathan, mit dem waren wir in der Zehnten. Weißt du nicht, wen ich meine?«

»Ja, doch, also nein, ich bin aber sowieso mit Domi zusammen.«

»Hast du den nicht abgeschossen?«

Beide lachten, Adelaide aufgeregt, Violaine müde.

Die Tochter von Doktor Baudoin fand Anklang, sie fand viel zu viel Anklang, und sie hatte den Eindruck, dass Anklang-Finden Verpflichtungen mit sich brachte. Sie willigte ein, mit dem Jungen auszugehen. Dann nahm sie die Entscheidung wieder zurück. Ja, doch, schon, also nein. Sie hatte keinen allzu guten Ruf. Einige sagten, sie würde alle anmachen. Andere sagten, sie sei verklemmt.

»Manchmal hab ich den Eindruck, ich hab genug davon.«

»Eins ist sicher, sie wollen alle dasselbe.« Adelaide setzte noch eins drauf.

Sie war die Einzige, die erneut lachte. Violaine hätte ihr etwas zu sagen gehabt, etwas, das sie nicht herausbekam. Am nächsten Tag wäre aber auch noch Zeit, darüber zu reden. Als sie ordentlich rote Ohren vom Tratschen hatte, beschloss sie, schlafen zu gehen.
Sie kuschelte sich unter die Decke und spürte so etwas wie kleine Fieberschauder entlang der Wirbelsäule und ein leichtes Ziehen in den Zähnen. Und wenn es Grippe war? Am liebsten wäre sie sofort eingeschlafen, wie als sie noch so klein war wie ihre Schwester. Sie wollte nicht Schäfchen zählen, um einzuschlafen. Bloß nicht zählen. 28, 29, 30. War sie bei 30 oder bei 31? Nein, doch nicht schon 32! Sie schob ihre feuchten Hände unter das Kopfkissen. Sie wollte ihren Körper nicht berühren. Ihre harten, aufgerichteten Brüste. Und diese Faust, die ihr auf die Blase drückte. Schon wieder der Drang zu pinkeln. Oh, nein, das war doch nicht möglich. Sie täuschte sich, sie musste sich doch täuschen. Domi hatte aufgepasst, er hatte es gesagt. Und außerdem, bei einem Mal, einem einzigen Mal ... Violaine hatte sich reglos tief in ihrem Bett vergraben und war hellwach. Am liebsten hätte sie sich in ein winziges Tier verwandelt und Winterschlaf gehalten.

Am anderen Ende der Wohnung stellte sich Doktor Baudoin laut die Frage:
»Also wirklich, was machen wir nur mit Violaine?«

Er stand mit nacktem Oberkörper da, legte gerade den Gürtel ab und hielt inne, um besser nachdenken zu können. Seine Frau lag bereits im Bett, blätterte den *Ärztlichen Tagesanzeiger* durch und hob von Zeit zu Zeit den Blick zu ihrem Mann. Sie war von diesem ehelichen Striptease, den Jean ihr gedankenlos darbot, immer ein wenig peinlich berührt.
»Sie müsste eine gute Partie machen«, fuhr er fort.
»Ist sie denn nicht zu dieser *Fete* eingeladen?«
»Sie hat abgelehnt, sie mag solche Feste nicht.«
»Eigentlich sollte eher sie mit Sixtus Beaulieu de Lassalle verkehren«, sagte Jean und betonte eindringlich jede Silbe des Namens, während er die Hose auszog. »Schade, dass dieser kleine Idiot erst sechzehn ist.«
»Ach, übrigens, laden wir Domi ein?«
»Wer ist denn das?«
»Dominique. Sie nennt ihn jetzt Domi.«
Das war der Junge, mit dem Violaine seit zwei Monaten zusammen war, ein Junge, der auf demselben Gymnasium die Vorbereitungsklasse für eine Eliteuniversität besuchte. Sollten sie ihn für das Wochenende in Deauville einladen oder nicht?
»Wenn Violaine ihn Domi nennt, wird er bald verschwinden«, bemerkte Jean.
»Verschwinden?«, fragte Stéphanie erstaunt.
Jean breitete die Arme aus, als wolle er seine Blöße besser zur Schau stellen, und rief:

»Er wird implodieren! Erinnerst du dich noch an Alexandre?«
»Das war letztes Jahr …«
»Violaine hat ihn erst Alexandre genannt, dann Alex, dann Al. Und danach ist er verschwunden. Dann durften wir Sébastien erleben, der zu Bastien wurde und dann zu Seb. Und danach? Nie mehr von ihm gehört.«
Stéphanie lachte. Jean hatte eine sehr eigene Art, die Dinge zu sehen.
»Dominique hat sie Domino genannt. Jetzt ist es Domi. Sparen wir das Geld, Liebling, laden wir ihn nicht ein«, schloss Jean und legte sich neben Stéphanie.
Verzweifelter Versuch von Humor, dachte er. Verzweifelt? Er?

2
Wir begegnen einem Esel, der den Fahrstuhl verlässt

Jeden Morgen unter der Woche erlebte Doktor Baudoin einen Glücksmoment, der zwischen einer Minute zehn und einer Minute dreißig dauerte, wenn er die Rue du Château-des-Rentiers hinaufging. Am Fuß der hohen Gebäude wucherte das Unkraut; Dutzende von Spatzen flatterten herum, kamen aus den Büschen geflogen und verschwanden wieder aufgeregt darin wie Menschen, die ihre Brieftasche zu Hause vergessen haben. Wenn er die Kirchturmuhr acht schlagen hörte, glaubte Jean sich in das Dorf seiner Großeltern zurückversetzt.

Das kurze Zwischenspiel war beendet, sobald er bei einem luxuriösen Wohngebäude eintraf, an dem eine beerdigungsschwarze Tafel darauf hinwies, dass im dritten Stock *Doktor Jean Baudoin, Doktor Vianney Chasseloup, Allgemeinmediziner, Sprechstunde nach Vereinbarung* hielten.

»Guten Tag, Herr Doktor!«, rief ihm Josie Molette zu, die seit acht Uhr treu auf ihrem Posten war.
»Guten Tag, Josie.«
Zwanzig Jahre saß sie jetzt dort hinter ihrer Theke.
»Wie geht's den Patienten?«, fragte Jean gewohnheitsmäßig.
»Um acht Uhr fünfzehn Madame Swan. Wegen ihrer Tochter Magali.«
Die kleine mit ADHS, dachte Baudoin.
»Um acht Uhr dreißig Monsieur Bonpié.«
»Der war ja lange nicht mehr da«, kommentierte Jean.
»Um acht Uhr fünfundvierzig Monsieur Lespelette.«
Neues Rezept für sein Schlafmittel, sagte sich Jean.
»Um neun Uhr Madame Clayeux.«
Der Doktor zog eine Braue hoch.
»Doch, sie war schon mal bei Ihnen«, sagte Molette, als ob ihr Chef ihr eine Frage gestellt hätte. »Das ist die Dame, die sich im Wartezimmer eine Zeitschrift auf den Kopf gesetzt hat.«
»Ach ja!« Doktor Baudoin erinnerte sich.
Er runzelte die Stirn.
»Warum haben Sie den Termin nicht für meinen Kollegen ausgemacht?«
»Sie hatten mir nichts gesagt.«
»Sie hätten sich denken können, dass das eine Patientin für Chasseloup ist«, schimpfte Jean vor sich hin.
»Vielleicht hat er am Vormittag noch was frei?«

Sie sahen im Terminkalender des jungen Kollegen nach, und Jean legte den Finger zwischen zwei Termine:
»Da, um neun Uhr dreißig.«
Mademoiselle Molette erlaubte sich einen leicht vorwurfsvollen Blick.
»Madame Clayeux wird warten«, sagte Jean. »Dafür ist ein Wartezimmer ja da. Warum abonniere ich die Zeitschriften, wenn die Leute keine Zeit haben, sie sich aufzusetzen?«
Die Sprechstundenhilfe lachte ein rostiges Lachen, das in einem Hustenanfall endete.
»Wann hören Sie auf zu rauchen?«

Jean öffnete eine gepolsterte Tür und betrat sein Sprechzimmer. Noch vor ein paar Jahren hatte er ein Gefühl der Macht empfunden, wenn er sich in seinen beeindruckenden rotbraunen Ledersessel setzte. Jetzt sah er all die Zeichen des Erfolgs um sich herum nicht mehr, die abstrakten Gemälde an der Wand, die ultramodernen medizinischen Geräte, den leuchtenden Flachbildschirm im Halbdunkel. Er zog die Jalousien hoch, ließ sich in den Sessel fallen und warf einen trübsinnigen Blick auf die erste E-Mail.
Das Labor Ferrier wollte ihm unbedingt sein allerneuestes Produkt vorstellen, das den Planeten revolutionieren und nebenbei auch noch Magengeschwüre behandeln würde.

»Gut«, seufzte er, »auf geht's ...«
Aber er blieb sitzen, die Augen starrten ins Leere, bevor sein Blick auf ein gerahmtes Foto fiel. Ein von ihm persönlich in Deauville aufgenommenes Foto. Darauf war Stéphanie zu sehen, sehr hübsch in einem kurzen Kleid zwischen Violaine und Pilou. Doktor Baudoin empfand Wehmut. An jenem Tag, an dem das Foto aufgenommen wurde, waren sie glücklich gewesen. Was war danach geschehen?
»Madame Swan?«
Er hatte die Tür zum Wartezimmer einen Spalt geöffnet. Außer Magali und ihrer Mama saß dort eine sehr alte Dame mit Glockenhut und Persianermantel, bereit, der Härte des Winters zu trotzen, während die Quecksilbersäule draußen über zwanzig Grad anzeigte. Jean nickte ihr etwas distanziert zu. Eine Patientin für Chasseloup. Er wandte sich an Magalis Mutter.
»Treten Sie ein, Madame Swan, setzen Sie sich!«
Magali schlurfte an Doktor Baudoin vorbei. Beim letzten Mal war sie gehüpft.
»Guten Tag, Magali«, begrüßte Jean sie.
Sie starrte ihn mit ihren etwas vorstehenden dunklen Augen an.
Beim letzten Mal hatte sie kaum gesessen, da hatte sie schon drauflosgeplappert, das Gespräch der Erwachsenen ständig unterbrochen und grundlos gelacht und geheult.

»Na, wie fühlst du dich?«

Magali begnügte sich damit, mit einem Bein zu wippen, ohne zu antworten.

»Sie scheint bedächtiger, nicht wahr?«, bemerkte der Doktor und wandte sich der Mutter zu.

»Ich erkenne sie nicht wieder!«, rief Madame Swan fast in Tränen aufgelöst. »Ich sag ihr ›Geh schlafen‹, sie geht schlafen. Ich sage ihr: ›Komm, putz dir die Zähne‹, und sie putzt sich die Zähne …«

»Hörst du, Magali? Deine Mama ist sehr zufrieden mit dir.«

»Ich sage ihr: ›Räum deine Schuhe auf‹, und sie räumt ihre Schuhe auf, ›Zieh deinen Pulli an‹, und sie …«

»Ja, ja, das Prinzip habe ich verstanden«, unterbrach der Doktor.

Das Mädchen war wegen eines Verhaltensproblems in Behandlung, sie hatte ADHS, wie die Ärzte sagten, eine Aufmerksamkeitsstörung, gepaart mit Hyperaktivität. Jean hatte sie unter Methylphenidrid gesetzt, ein neues Arzneimittel des Labors Ferrier, das ihm Murielle, eine Pharmavertreterin in Minirock, lang und breit und begeistert angepriesen hatte. Jean erinnerte sich ziemlich gut an den Minirock.

»Es bedarf einer Langzeitbehandlung«, murmelte er, den Blick auf den Bildschirm geheftet. »Und die muss jedem individuellen Fall angepasst werden. Eine Frage der Dosierung.«

Muriel hatte ihm eine neue, sehr teure Praxis-Software geschenkt, zusammen mit einem Dutzend Probepackungen Methylphenidrid. Großzügig zu verschreiben an Kinder, die die Wand hochgehen. Jean wandte sich wieder Madame Swan zu:
»Da ist die Lehrerin sicher zufrieden?«
»Sehr. Sie hört nichts mehr von ihr.«
»Sehr gut, Magali«, lobte der Doktor erneut.
»Ich zieh Striche«, flüsterte das Mädchen.
Jean sah die Mutter mit hochgezogenen Brauen fragend an.
»Ja, sie führt ihre Hefte ordentlicher. Früher war das ein ziemliches Geschmiere.«
Jeans Gesicht hellte sich auf:
»Ach, so! Sie zieht Striche. Aber ja, das ist sehr gut. Im Leben muss man einen Strich ziehen können.«
Er unterdrückte ein Grinsen und verharrte ein paar Sekunden nachdenklich, als würde die Benommenheit des Kindes auch ihn ergreifen. Kopfschüttelnd rappelte er sich wieder auf.
»Gut. Eine Unterbrechung der Behandlung …«
Er fing den panischen Blick von Madame Swan auf und endete mit:
»… sollten wir vielleicht erst in den Ferien um Allerheiligen ins Auge fassen. Fährt sie in den Ferien weg?«
»Zu ihrer Oma.«
»Ist die Oma geduldig?«

»Wissen Sie, sie geht auf die achtzig zu.«
»Sie wird schnell müde ...«, schloss der Doktor. »Gut, wir setzen die Behandlung fort, aber reduzieren die Dosis.«
Er griff nach seinem Rezeptblock und schrieb *Methylphrene* ..., nein, das war es nicht, *phedi ... phenedri ...*
Er kritzelte etwas Unleserliches in der berüchtigten Ärzteschrift hin, die zu entschlüsseln nur Apotheker befähigt sind.
»So, einen Löffel morgens und abends. Und in einem Monat sehen wir uns wieder.«
Madame Swan zog ein Scheckheft aus der Tasche.
»Nein«, erinnerte sie der Doktor, »Sie bezahlen bei meiner Sprechstundenhilfe, wenn Sie den nächsten Termin ausmachen.«
Er stand auf und geleitete Magali und ihre Mutter zur Tür. Die ärztliche Beratung hatte auf die Sekunde genau fünf Minuten gedauert. Er ging zurück an den Schreibtisch und setzte sich mit verärgertem Gesicht in seinen Sessel. Er würde Murielle vom Labor Ferrier anrufen und ihr den Marsch blasen. Genau in dem Moment, als er sich entschieden hatte, klingelte das Telefon.
»Was ist denn?«, fragte er verärgert.
»Das Institut für Labordiagnostik«, erwiderte seine Sprechstundenhilfe barsch, denn die schlechte Laune

ihres Chefs war ansteckend. »Ich verbinde Sie mit Madame Sol.«

Der Doktor gab ein Brummen von sich. Madame Sol war niemand anderes als seine Frau Stéphanie.

»Jean? Ich habe die Biopsieergebnisse von Madame Bonnard.«

Sie las ihm vor: »Invasive adeno-karzinomatöse Proliferation mit überwiegend trabekulärem Aufbau.«

Der Doktor nahm es schweigend hin.

»Jean, hast du mich gehört?«

»Ja, danke.«

»Siehst du sie demnächst?«

»Weiß nicht«, brummte er. »Ich frage Josie.«

Er legte auf. Madame Bonnard war eine junge Mutter, die seit etwa zehn Jahren Patientin bei ihm war.

»Josie? Kommt Madame Bonnard diese Woche?«

»Heute Abend um neunzehn Uhr.«

Eine reizende Art, den Praxistag zu beschließen – wenn man bedenkt, dass ein Allgemeinmediziner statistisch nur einen halben Krebs pro Jahr diagnostiziert und er nun zum Feierabend einen ganzen zu verkünden hatte. Jean begann, auf einem Post-it zu kritzeln, während er sich Madame Bonnard in Erinnerung rief. Sie war die Art Frau, die er schätzte, zierlich und vornehm, ohne wirklich schön zu sein. Er betrachtete erneut das Foto auf seinem Schreibtisch. Wie lange lag die letzte Mammographie von Stépha-

nie zurück? Er nahm sich vor, noch am selben Abend mit ihr darüber zu reden, dann sah er auf die Uhr. Vorsicht, nicht gleich zu Beginn in Verzug kommen.
»Monsieur Bonpié?«
Ein etwa sechzigjähriger, recht rüstiger Mann kam auf ihn zu und schüttelte dem Arzt die Hand.
»Na, immer gut drauf?«, scherzte Doktor Baudoin.
»Oh, eigentlich schon«, antwortete Monsieur Bonpié und nahm auf der anderen Seite des Schreibtischs Platz. »Aber ich bin erschöpft.«
Jean zuckte zurück. Ach, ein Rentner, der erschöpft war …
»Ein bisschen depressive Stimmung?«
Monsieur Bonpié gab eine Art befriedigtes Glucksen von sich.
»An meiner Stelle wären Sie auch erschöpft«, sagte er und zwinkerte mit einem Auge. »Seit drei Wochen habe ich eine Freundin. Um die vierzig. Eine ganz wilde. Und da meine Frau nichts wissen darf …«
Er zwinkerte erneut, und Jean drückte sich tief in seinen Sessel. Er hatte schon immer den Eindruck gehabt, dieser Bonpié habe etwas Krankhaftes an sich, ohne es sich eingestehen zu wollen. Übrigens roch er stark. Bonpié gluckste erneut.
»Ich bräuchte ein bisschen was zum Anregen, also … Sie wissen schon?«
Er machte eine eindeutige Geste, und Jean verspürte

das Bedürfnis, ihn so schnell wie möglich loszuwerden. Er sah in die Patientenakte auf dem Bildschirm. »Gut, keine kardiologischen Probleme«, murmelte er, während er versuchte, seine Würde als Arzt zu wahren. »Nehmen Sie im Augenblick auch keine Medikamente? Nun, also, Sie brauchen Viagra. Eine Tablette vor dem Verkehr. Das führt zu hervorragenden Ergebnissen ... und wir sehen uns in einem Monat wieder.«
Er griff nach dem Rezeptblock und kritzelte die Verordnung darauf, während sein Gegenüber vor Zufriedenheit auf seinem Stuhl herumzappelte.
Fort, du Ferkel, dachte Baudoin, als er ihm die Hand schüttelte.
»Monsieur Lespelette?«
Der saß da, mit trockenen Lippen, fiebrigen Augen und von Schlaflosigkeit gezeichnet. Er sprang fast von seinem Sitz auf. Als Doktor Baudoin ihn begrüßen wollte, entdeckte er Violaine, seine Tochter, die auf dem Rand des Sofas saß wie ein Vogel am Ende eines Astes.
Spontan rief er:
»Ja, was machst du denn ...«
Aber er fing sich wieder:
»Einen Augenblick, Monsieur Lespelette. Ich muss rasch etwas mit Mademoiselle besprechen.«
Sofort zog er sich in sein Sprechzimmer zurück, um sich dem Unmut seiner Patienten zu entziehen.

»Mach die Tür zu«, sagte er zu seiner Tochter. »Was ist mit dir los?«
»Hast du nicht eine Abtreibpille?«
»Abtreibungspille«, verbesserte er unwillkürlich.
Dann schien er zu begreifen, wonach seine Tochter gerade gefragt hatte.
»Eine was? Doch nicht für dich?«
»Doch.«
Vater und Tochter starrten sich an.
»Aber nein«, stammelte er, »du … du musst dich täuschen.«
Violaine, sein kleines Mädchen.
»Wie viele Tage bist du über der Zeit?«
»Ein paar Tage.«
»Wirklich sehr präzise!«
Er ging zum Fenster, um sich zu beruhigen, dann kam er zu Violaine zurück.
Er merkte, dass er sie am liebsten ohrfeigen würde, und verschränkte die Hände hinter dem Rücken.
»Zunächst muss man mal sicher sein. In deinem Alter bleibt die Regel oft aus oder kommt später. Da brauchen wir deine Mutter nicht mit einer Blutprobe zu nerven. Schwangerschaftstests funktionieren sehr gut.«
Er kramte fieberhaft in seinem Medikamentenschrank, ließ dabei Schachteln zu Boden fallen, regte sich noch ein bisschen mehr auf, warf seiner Tochter, die wie angewurzelt mitten im Raum stand, einen Blick zu,

bemühte sich, nicht zu brüllen, und fand schließlich einen Schwangerschaftstest des Labors Ferrier.
»Da. Babytest. Damit weißt du Bescheid.«
Er hielt Violaine die Schachtel hin. Sie sah sie an und streckte nicht einmal die Hand aus.
»Wie funktioniert das?«, fragte sie mit ihrer trägen Stimme.
Erneut riss Jean sich zusammen, um nicht zu brüllen: Du weißt, wie man Babys macht, da ist es doch auch kein Hexenwerk, zu überprüfen, ob man eins im Kasten hat! Er atmete tief durch und antwortete, als würde er von einem Videospiel reden:
»Da ist eine Gebrauchsanweisung dabei.«
Violaine brachte ein armseliges Kopfnicken zustande. Ja, was für eine dumme Gans!
»Das Ding sieht aus wie ein Fieberthermometer«, erklärte er ihr. »Du ziehst die Kappe ab und pinkelst auf so eine Art Wattestäbchen.«
Er zögerte, bevor er doch noch präzisierte:
»Das machst du über der Kloschüssel.«
Violaine nahm die Schachtel und steckte sie mit der unauffälligen Geste einer Ladendiebin ein. Jean legte ihr die Hand auf die Schulter:
»Vielleicht ist es gar nichts … Und in jedem Fall rufst du mich an.«
Er begleitete sie zum Ausgang, und als sie sich trennten, fragte er sie nicht ohne Widerwillen:

»Und … von wem wäre es?«
»Von Dom.«
Jean unterdrückte ein Stöhnen. Sie hatte seinen Namen noch weiter verkürzt! Er schloss die Tür hinter ihr und schimpfte vor sich hin:
»Und jetzt dieser Schlaflose.«

Violaine drückte den Knopf, um den Fahrstuhl zu holen. Sie war enttäuscht und ratlos. Sie hatte geglaubt, ihr Vater würde ihr sagen: Ist nicht schlimm. Schluck das da. Das geht vorbei. Sie wusste ja sehr gut, dass sie nicht Hals- oder Bauchschmerzen hatte. Aber sie bewahrte noch immer einen kindlichen Glauben an ihren Papa. Sie betastete die Packung in ihrer Tasche, und Tränen stiegen ihr in die Augen. Sie hasste, was ihr gerade passierte. Im Grunde brauchte sie nur nicht mehr daran zu denken. Und ins Kino zu gehen.
Als sie die Fahrstuhltür öffnen wollte, ging diese von selbst auf, denn ein junger Mann stieg aus. Überrascht zuckte Violaine leicht zurück.
»Habe ich Sie erschreckt?«, fragte der junge Mann.
Er hatte längliche, dunkle und sanfte Augen, die Augen eines Esels am Wegrand.
»O nein, schon gut«, antwortete Violaine.
Er lächelte und drückte sich an die Seite, um sie vorbeizulassen. Ein langer junger Mann mit einer langen Nase.

Als sie auf der Straße stand, fühlte Violaine sich unglaublich allein. Ihr Vater hatte nichts für sie tun können, und ihre Mutter durfte sie nicht nerven. Genau das bedeutet wahrscheinlich Erwachsen-Sein, dachte sie undeutlich. Sie drückte die Schachtel in der Faust. Plötzlich wollte sie Gewissheit haben. Da geschah etwas mit ihr, mit ihr allein, und es war wichtig. Die erste wichtige Sache in ihrem Leben.

Sie las zweimal langsam die Gebrauchsanweisung. Die Verpackung erst kurz vor der Anwendung öffnen. Das Stäbchen innerhalb von dreißig Minuten verwenden. Den Test nach drei Minuten ablesen. Sie war allein zu Hause, sie schloss sich in der Toilette ein. Danach legte sie das Stäbchen auf ihren Schreibtisch. In dem kunststoffüberzogenen Korpus des Gegenstandes, der tatsächlich aussah wie ein Fieberthermometer, gab es zwei kleine Fenster. Ein violetter senkrechter Strich sollte in der Mitte des linken Fensters erscheinen, wenn der Test korrekt ausgeführt worden war. Wenn ein zweiter senkrechter Strich im rechten Fenster auftauchen würde, war das Ergebnis positiv. In drei Minuten hatte Violaine ausreichend Zeit, sich vorzustellen, dass sie nicht schwanger war, dass sie mit Dom Schluss machen würde, sich bei einer Journalistenschule anmelden, als Reporterin nach Afghanistan gehen und von den Taliban verschleppt würde, und

dann, dass sie schwanger war, ihre Ausbildung abbrechen und Zwillinge zur Welt bringen würde, ein Mädchen und einen Jungen. In dem Moment tauchte der erste senkrechte Strich auf. Das Herzklopfen von Violaine wurde stärker. Die Wirklichkeit trat ihr vor Augen. Sie war schwanger, sie würde abtreiben müssen. Nein, sie wollte nicht. Das tat bestimmt weh. Sie verschränkte die Finger, drückte fest die Augen zu, konzentrierte sich, damit der zweite Strich nicht auftauchte. Gleichzeitig wusste sie, dass das dumm war, dass sein würde, was sein sollte. Schließlich öffnete sie die Augen wieder und entdeckte in dem Fenster den schicksalhaften violetten senkrechten Strich. Schwanger. Sie stürzte zu ihrem Handy. Sie hätte ihren Vater anrufen können oder auch den Vater ihres Kindes.
»Adelaide?«
Sie zog es vor, die Neuigkeit ihrer besten Freundin mitzuteilen.
»Ich habe einen Schwangerschaftstest gemacht.«
»Einen … Wozu denn?«, stotterte die andere.
»Ich bin schwanger.«
Adelaide ließ zwei Sekunden verstreichen. Die Worte, die sie sonst gedankenlos sagte, *Liebe, Junge, miteinander schlafen*, die Worte bekamen plötzlich eine Bedeutung. Schwanger!
»Bist du wirklich sicher? Aber wie hast du das … Wer ist es?«

»Dom.«

Sie hasste ihn, am liebsten hätte sie ihn D. genannt.

»Was wirst du tun? Abtreiben?«

»Ja, also, nein«, flüsterte Violaine.

»Du kannst es aber doch nicht behalten! Oder doch?«

»Nein, aber …«

Abtreiben. Das Wort versetzte sie in Furcht und Schrecken.

»Warte, es kommt jemand. Wir sehen uns morgen.«

Das stimmte nicht. Aber plötzlich war ihr Stille lieber. Sie legte die Hand auf den Bauch. Da war es, schon lebendig. Ein Junge, ein Mädchen? Sie sah den Test an, als ob die Antwort in einem dritten Fenster auftauchen würde. Ein Junge wäre besser. Wie würde sie ihn nennen? Ihr war sofort klar: Vianney. Sie liebte diesen Vornamen. Sie hatte ihn gerade irgendwo gehört oder gelesen. Vianney. Das war originell, nicht allzu markant-männlich, aber trotzdem sexy. Ihr Handy summte die Titelmelodie von *Biene Maja*.

»Also, hast du den Test gemacht?«

Es war Doktor Baudoin, und seine Stimme klang angespannt.

»Ja. Er ist … negativ.«

»Na, siehst du!«, rief Jean triumphierend. »Du hast uns ganz umsonst Angst gemacht. Aber was deine Verhütung angeht, da müssen wir noch mal miteinander reden.«

»Ja, ja«, sagte sie gezwungen.
Sie schaltete das Handy aus.
Warum hatte sie gelogen? Ein Reflex. Ihr Vater würde an ihrer Stelle entscheiden, und das wollte sie nicht. Es war ihre Sache, eine Wahl zu treffen. Eine Wahl? Ihr stockte der Atem. Sie würde nie eine Entscheidung treffen können. Bei ihr würde es immer *ja, also nein, nein, also doch* heißen. Und das Wesen da, im Bauch, hatte schon entschieden. Es wollte wachsen. Bestimmt war es ein Junge. Jungs wollen einen, packen einen, sie nisten sich in deinem Leben ein, in deinem Bauch. Sie hasste sie. Sie hatte eine Erleuchtung. Sie würde als Nonne ins Kloster gehen!
Aber einstweilen war das Problem damit nicht vollständig aus dem Weg geräumt.

3
Was kann ich für Sie tun?

Josie Molette legte den Hörer auf und hob den Kopf. Monsieur Lespelette wartete mit gezücktem Scheckheft.
»Ich soll einen Termin für Ende der Woche ausmachen … wenn ich meine Ergebnisse habe.«
In seiner Hand zitterte ein Rezept für Blut- und Urinuntersuchungen. Natürlich vorzunehmen durch das Labor Sol. Josie nickte und blätterte im Terminkalender von Doktor Baudoin. Die Woche war bereits sehr voll.
»Das wird nicht leicht sein«, murmelte sie.
»Oh, es muss aber unbedingt …«
Die Angst ließ dem unglücklichen Lespelette nur noch eine ganz dünne Stimme. Dabei war er ein Mann im besten Alter.
»Samstag um zwölf. Etwas anderes kann ich Ihnen nicht anbieten.«

»Sehr gut.«
Die Sprechstundenhilfe hatte gerade noch die Zeit, ihm einen guten Tag zu wünschen, bevor sie einen Anruf entgegennahm.
»Praxis Doktor Baudoin und Chasseloup, ja bitte?«

Im Eingang begegnete Monsieur Lespelette einem jungen Mann, den er schon einmal gesehen zu haben glaubte. Er nickte ihm vage zu, worauf der andere mit einem teilnahmsvollen Lächeln antwortete.
»Guten Tag, Mademoiselle Molette«, sagte der Neuankömmling.
Die Sprechstundenhilfe warf ihm einen Blick zu, während sie auflegte. Nein, wie sah er nur aus mit diesem unförmigen Haarschnitt und diesem verknitterten Jackett!
»Guten Tag, Doktor. Sie werden erwartet.«
Damit gab sie zu verstehen, dass Doktor Chasseloup zu spät war. Das begriff er sehr gut.
»Ich habe einen dringenden Anruf von Madame Pézard auf dem Handy erhalten«, sagte er zu seiner Entschuldigung.
»Schon wieder?«
»Sie dachte, sie hätte ihr Herzmittel zweimal hintereinander genommen. Sie hatte schreckliches Herzklopfen …«
»Und?«

»Es ging ihr bestens.«

Er war zur Wohnung von Madame Pézard gelaufen, war, immer vier Stufen auf einmal nehmend, die sechs Stockwerke hinaufgerannt und schweißüberströmt oben angekommen. Rosig und selbstzufrieden hatte sie ihn begrüßt:

»Sie werden mich auslachen. Das Erste, was ich genommen hatte, war mein Mittel zur Verdauungsförderung. Was macht man sich nur für Sorgen!«

Josie Molette seufzte und schüttelte den Kopf. Dieser arme Chasseloup. Sie wusste, dass ihr Chef keine großen Stücke auf den jungen Mann hielt, und sie folgte seinem Beispiel.

»Beeilen Sie sich!«, schimpfte sie. »Madame Rambuteau ist schon da. Und Sie haben eine Patientin, die darauf bestanden hat, heute Vormittag noch zwischen zwei Terminen dranzukommen. Madame Clayeux … Entschuldigen Sie mich. Praxis Doktor Baudoin und Chasseloup, ja bitte?«

Sie sah ihm hinterher, als er ging, ein langer junger Mann, der von hinten so wenig zu fassen schien wie von vorn.

Sobald Vianney Chasseloup sein Sprechzimmer betrat, ging ihm vor Freude das Herz über. Sein eigenes Reich! Es war unglaublich, dass er so jung und ohne finanzielle Mittel bereits eine Praxis hatte! Er lehnte sich mit dem Rücken an die Tür und ließ den Blick liebevoll durch den Raum schweifen.

Man konnte sich schwerlich ein armseligeres Sprechzimmer vorstellen. Der kümmerliche Schreibtisch und das kleine wurmstichige Schränkchen mochten noch als Familienerbstücke durchgehen, nicht aber die Untersuchungsliege, deren Bezug in der Mitte aufgeplatzt war. Vianney deckte sie rasch mit einem Blatt Papier ab, das er nach jedem Patienten wechseln würde. Dann schaltete er den Computer ein, der beim Hochfahren so klang, als sei man in unmittelbarer Nähe eines Flughafens. Schließlich rückte der junge Mann die beiden Stühle zurück, die die Putzfrau hartnäckig ganz dicht an den Schreibtisch stellte. Die altersschwachen Stühle waren von großem medizinischen Nutzen, da sie durch ihr Knacken schon das geringste Übergewicht eines Patienten signalisierten.

Nach diesen Vorbereitungen begab sich Doktor Chasseloup direkt zum einzigen Bilderrahmen, der die Wände seines Sprechzimmers schmückte. Darin hing der Eid des Hippokrates, den er geschworen hatte, als er Arzt geworden war.

Jeden Morgen gönnte er sich ein oder zwei Minuten Meditation, die bisweilen von den kleinen Sorgen des Berufsalltags angefressen wurde. Er las den Satz, den er auswendig kannte: *Ich verspreche und schwöre vor*

dem Bilde des Hippokrates … Wer kommt heute Vormittag noch mal als Erstes? … *treu die Gesetze der Standesehre zu befolgen …* Verdammt, Madame Rambuteau … *und den Arztberuf redlich auszuüben.*
»Madame Rambuteau?«
»Also, wirklich, jetzt wird's aber Zeit!«, rief die alte Dame mit Glockenhut und Persianermantel.
Als sie das Sprechzimmer betrat, fröstelte sie.
»Hier ist es ja eiskalt!«
»Komplett nach Norden raus!«, schmetterte Doktor Chasseloup.
»Und er scheint auch noch froh darüber!«
»Während des großen Hitzesommers war das der angenehmste Ort in ganz Paris. Setzen Sie sich, Madame Rambuteau.«
Der altersschwache Stuhl gab nicht einmal ein Ächzen von sich. Die alte Dame wog sicherlich selbst mit Mantel keine vierzig Kilo.
»Nun, was kann ich für Sie tun?«, fragte der junge Arzt liebenswürdig.
»Nicht das Geringste«, antwortete die Patientin mit grimmigem Blick. »Sie haben noch nie etwas für mich tun können, ich wüsste nicht, warum sich das ändern sollte.«
Auch wenn er seine Patientin kannte, blinzelte Vianney angesichts der Heftigkeit ihrer Antwort. Um Haltung zu bewahren, warf er einen Blick auf den Bildschirm

und die Patientenakte von Madame Rambuteau. Sie war sehr lang, da die alte Dame sich jedes Mal über mehrere unterschiedliche und äußerst schwerwiegende Symptome beklagte, die in keinerlei möglichem Zusammenhang standen.

»Ihr Computer macht vielleicht einen Radau. Wann tauschen Sie ihn aus?«

»Ich mag ihn sehr. Er heißt Mickey.«

»Ja, was ist das nur für ein Idiot!«, rief die alte Dame, und wieder einmal klang es so, als wolle sie jemandem die Unfähigkeit ihres Arztes vor Augen führen.

»Gut, also Ihre Pillen da, die Sie mir neulich wegen meines Kreislaufs gegeben haben, nutzen nichts. Ich habe sie weggeworfen.«

»Ich hatte Ihnen gesagt, dass Ihnen das nur eine geringfügige Erleichterung bringen wird.«

Vianney wusste ganz genau, dass all die Medikamente gegen *schwere Beine* keinerlei Nutzen hatten.

»Ich hatte Ihnen geraten, mit hochgelegten Beinen zu schlafen. Und jeden Tag einen kleinen Spaziergang zu machen«, erinnerte er sie mit unendlicher Sanftheit in der Stimme.

»Vertreibt das vielleicht die Degenstiche in meiner Nierengegend?«, entgegnete die alte Dame empört.

»Ach? Leiden Sie an … stechenden Schmerzen?«

»Nur weil Sie das anders nennen, werde ich doch noch nicht gesund.«

Vianney war von diesem Vorgeplänkel ein wenig niedergedrückt und wartete brav ab, bis Madame Rambuteau zum wahren Grund ihres Besuchs kam.
»Also, es ist folgendermaßen: Ich habe – wie sagen Sie? – stechende Schmerzen im Arm.«
»Ich dachte, in der Nierengegend.«
»Im Arm! Wollen Sie es etwa besser wissen als ich? Dann hielte man Sie nämlich für einen alten Irren. Es fängt hier an …«
Sie legte die rechte Handkante auf ihr linkes Handgelenk.
»… und zieht sich bis da hin.«
Mit derselben Bewegung trennte sie den Arm an der Schulter ab.
»Was ist das, Ihrer Meinung nach?«
»Ich denke, es sind stechende Schmerzen, Madame Rambuteau.«
Die alte Dame schien den freien Stuhl anzusprechen:
»Er macht sich über mich lustig.«
Vianney wusste, dass seine Patientin so stabil war wie der Pont Neuf. Aber er wollte doch nicht das Risiko eingehen, eine ernsthafte Erkrankung zu übersehen.
»Hat der Schmerz erst vor kurzem begonnen?«, fragte er.
»Diese Woche. Warum wäre ich sonst gekommen? Ihrer schönen Augen wegen?«
Doktor Chasseloup hatte herrliche Augen, sehr dunk-

le, längliche Augen, die zugleich traurig waren und lächelten.

»Tut es Ihnen jetzt gerade weh?«

»Jetzt gerade? Jetzt gerade nicht. Zwangsläufig nicht, jetzt rede ich ja, das lenkt mich ab.«

»Hat Ihre Tochter Sie kürzlich besucht?«

»Was hat meine Tochter damit zu tun?«

Die Stimme der alten Dame war weicher geworden, aber sie fing sich wieder:

»Außerdem ist es mir seit gestern auch in den anderen Arm gefahren. Von hier …«

Sie deutete auf das Handgelenk.

»… bis da.«

Sie hielt am Ellbogen inne. Vianney erlaubte sich, leicht zweifelnd das Gesicht zu verziehen.

»Na, das scheint ihn ja wirklich zu beeindrucken!«, rief Madame Rambuteau empört. »Der wartet ab, bis es mir ins Bein fährt, und dann amputiert er es.«

»Wir werden versuchen, Sie unversehrt zu erhalten, Madame Rambuteau. Wachen Sie nachts von dem Schmerz auf?«

»Wie soll ich das denn wissen? Ich schlafe nicht.«

»Sie schlafen nicht?«, wiederholte Vianney und musste innerlich lachen. »Niemals?«

»Ein oder zwei Stunden«, räumte Madame Rambuteau ein. »So gegen Morgen. Morgens, wenn die Müllabfuhr vorbeikommt.«

Vianney verschränkte die Arme und sah die alte Dame liebevoll an.
»Was hat er nur? Warum sieht er mich so an?«, brummte sie.
»Madame Rambuteau?«
»Ja?«
»Was macht Ihnen im Leben Spaß? Abgesehen davon, Ihrem Arzt auf den Wecker zu gehen ...?«
»Spaß? Ja, die Alten haben doch keinen Spaß mehr. Das Alter ist nur Elend. Und das interessiert niemanden.«
Im langen Schweigen, das daraufhin folgte, war nur Mickey zu hören.
»Ich weiß schon, dass meine Tochter anderes zu tun hat, als an mich zu denken«, sagte die kleine Madame Rambuteau schließlich. »Aber sie könnte doch ... Ich weiß nicht. Man kann doch trotzdem mal anrufen?«
»Und Sie? Wie wäre es, wenn Sie sie anrufen würden?«, schlug Vianney vor.
»Es ist nicht an mir, den ersten Schritt zu tun.«
»Vielleicht doch.«
Sie sahen sich an.
»Und wegen meiner Verstopfung«, sagte sie unvermittelt. »Was mach ich da?«
»Da machen Sie ein großes Geschäft«, antwortete Vianney mit größtem Ernst.
»Er macht sich über mich lustig«, ärgerte sich die alte

Dame. »Wir werden schon sehen, wie es ist, wenn Sie mit Altsein an der Reihe sind.«

»Ich werde unausstehlich sein, Madame Rambuteau.«

»So wie ich, nicht wahr? Gut, geben Sie mir ein Medikament gegen meine Verstopfung. Nie verschreiben Sie mir was! Wenn ich auf Ihre Behandlung warten würde, wäre ich schon tot.«

Vianney griff nach seinem Rezeptblock und verschrieb ihr ein ziemlich widerliches Abführmittel, das ungefähr der Vorstellung entsprechen musste, die Madame Rambuteau von einem wirkungsvollen Medikament hatte. Die alte Dame zog Geld aus ihrer Brieftasche.

»Na, na, nicht so schnell«, protestierte Vianney. »Erst messe ich Ihnen noch den Blutdruck. Und ich will Sie wiegen. Ohne Ihren Mantel.«

Die Untersuchung dauerte noch eine knappe weitere Viertelstunde und gab Vianney die Gelegenheit zu einem kleinen Vortrag über die Notwendigkeit, sich richtig zu ernähren und vor allem ausreichend Flüssigkeit zu sich zu nehmen, was seine Patientin mit mehrmaligem Schulterzucken abtat.

»Ihre Knöpfe, Madame Rambuteau.«

»Was?«

»Sie haben Ihren Mantel falsch geknöpft.«

Er knöpfte ihr den Mantel neu, dann begleitete er sie bis zum Treppenhaus. Und dort, vor dem Blick der

Sprechstundenhilfe verborgen, umarmte er sie zum Abschied.

»Und außerdem flirtet er noch. Wirklich ein sauberes Früchtchen, dieser Arzt«, brummte die alte Dame, als sie auf den Fahrstuhlknopf drückte, während Vianney hinter ihr lachte.

Der junge Arzt hätte gern einen Augenblick allein in seinem Sprechzimmer verschnauft. Aber er war bereits zu spät dran.

»Monsieur Bernard?«

Als er die Tür einen Spalt öffnete, sah Vianney, dass das Wartezimmer sich gefüllt hatte. Eine nicht mehr ganz junge Dame hatte einen ihrer Slipper ausgezogen und schien diesen genauestens zu untersuchen. Sicherlich litt sie an Hühneraugen.

Monsieur Bernard war über siebzig. Keuchend ging er an Vianney vorbei, und als er sich setzte, gab der Stuhl ein bedrohliches Knacken von sich.

»Sie haben zugenommen, Monsieur Bernard«, bemerkte Doktor Chasseloup.

»Ein bisschen.«

»Und was ist mit Ihrer Diät?«

»Mein Lieber! Als ich so jung war wie Sie, mochte ich gutes Essen und hübsche Frauen. Jetzt sehen Sie, was mir noch bleibt …«

»Es bleibt Ihnen Madame Bernard, die eine untröstliche Witwe sein wird.«

»Na, Sie wissen ja, wie man den Leuten den Mund stopft«, erwiderte der dicke Mann lachend.
Aber sein Lachen endete in einem halben Erstickungsanfall, und sein Gesicht lief purpurrot an.
»Und die Untersuchungen, die Sie machen lassen sollten, haben Sie nicht gemacht, nicht wahr?«, fuhr Vianney in vorwurfsvollem Ton fort.
»Was soll es mir bringen, wenn ich weiß, dass meine Cholesterinwerte zu hoch sind? Wir leben nicht ewig, mein Kleiner. Ich brauche keine Untersuchungen, um das zu wissen.«
Monsieur Bernard lag damit sicher nicht falsch, aber Vianney wollte, dass er so lange auf Erden blieb wie möglich. Für seine Frau, seine Kinder und seine Enkel. Er las sich stirnrunzelnd die Patientenakte durch.
»Ich habe Ihnen meinen Grippeimpfstoff mitgebracht«, bemerkte der dicke Mann versöhnlich.
»Gut«, murmelte Vianney, den Blick noch immer auf dem Bildschirm. »Aber zunächst untersuche ich Sie.«
Er hörte seinen Patienten sorgfältig ab, maß ihm den Blutdruck, wog ihn und äußerte mehrmals sein Missfallen. Monsieur Bernard wurde immer kleinlauter.
»Gut, versprochen, ich werd mich bei Wurst und fetten Sachen zurückhalten.«
»Und Sie lassen die Untersuchungen machen?«
»Ja. Aber Sie werden nicht so wie Ihr Kollege, nicht wahr?«

Mit einer Kopfbewegung deutete Monsieur Bernard in Richtung des Sprechzimmers von Doktor Baudoin. »Meine Frau ist neulich zu ihm gegangen, weil man ihr gesagt hatte, es gebe keinen Besseren. Sie hat eine Liste mit Medikamenten bekommen, so lang wie ihr Arm. Und kaum hat sie sich gesetzt, musste sie schon wieder aufstehen. Drei Minuten hat's gedauert. Das ist nicht wie bei Ihnen …«
»Aber das ist doch ganz was anderes«, protestierte Vianney und wurde rot. »Doktor Baudoin ist überlastet, er hat so viele Patienten! Ich fange gerade an …«
»Ja? Na, bleiben Sie, wie Sie sind.«
Vianney unterdrückte ein leises Seufzen. Etwas sagte ihm, dass er tatsächlich sein ganzes Leben lang immer erst anfangen würde.
»Also, machen wir jetzt die Impfung?«
Nach der Spritze zog Monsieur Bernard sich langsam wieder an, und um seine Kurzatmigkeit zu verschleiern, erzählte er dabei lang und breit von den Kindern, den Enkeln und seinem Hund, der Ausschlag hatte. Vianney begleitete ihn zur Tür, und die beiden Männer gaben sich die Hand.
»Monsieur Bernard, passen Sie auf sich auf«, sagte der junge Arzt.
In seiner Stimme lag so viel Wärme, dass der dicke Mann Vianney die Hand tätschelte und murmelte:
»Versprochen, Chef.«

Als er zur Theke der Sprechstundenhilfe zurückkam, stieß Doktor Chasseloup mit seinem Kollegen zusammen:

»Oh, Entschuldigung!«

»Macht nichts«, erwiderte Doktor Baudoin. »Geht's Ihnen gut, heute Morgen? Ach, übrigens ...«

Chasseloup, der hatte antworten wollen, stand mit offenem Mund da. Eigentlich stand er – bildlich gesehen – immer sprachlos vor seinem eleganten Kollegen.

»Samstagvormittag habe ich eine familiäre Verpflichtung«, fuhr Doktor Baudoin fort, der sein Wochenende in Deauville plante. »Zum Glück habe ich da nicht viele Patienten, könnten Sie mich vertreten?«

Chasseloup machte den Mund zu, schluckte und lächelte zufrieden:

»Klar, kein Problem ...«

Es wäre sein erster freier Samstag seit drei Monaten gewesen. Er war glücklich, ihn diesem Mann zu opfern, der, ohne zu zögern, einen jungen Arzt ohne Erfahrung als Praxiskollegen genommen hatte.

»Danke, ich werde mich revanchieren«, versprach Jean locker.

»Doktor Chasseloup«, unterbrach Josie, »denken Sie daran, dass Sie Madame Clayeux vor Monsieur Genest drannehmen.«

»Eine neue Patientin, glaube ich«, bemerkte Doktor

Baudoin und wechselte unauffällig einen Blick mit seiner Sprechstundenhilfe.

Der junge Arzt durchquerte sein Sprechzimmer, um die Tür zum Wartezimmer zu öffnen.
»Madame Clayeux?«
Die Dame hielt noch immer ihren Slipper in der Hand. Sie zeigte ihn Doktor Chasseloup und sagte artig:
»Das Fräulein sucht mir gerade den gleichen eine Nummer größer.«

4
Man kann nicht immer das Hintergrundbild ändern

Als Stéphanie ihren Mann von der Klinik aus anrief, um ihm mitzuteilen, dass sie niedergekommen war, reagierte Doktor Baudoin ungehalten.
»Du kannst doch keine Kinder bekommen«, schimpfte er. »Du hast keine Eierstöcke mehr.«
Aber Stéphanie kam bereits im Schlafrock aus der Entbindungsklinik. Sie stellte das Baby am Ende des Flurs auf seine beiden kleinen bloßen Füße, und es begann zu laufen.
»Was?«, rief Doktor Baudoin verwundert. »Läufst du schon?«
»Ja«, erwiderte das Baby. »Und außerdem spreche ich.«
Jean sah seine Frau an, um seine Verwirrung mit ihr zu teilen, aber Stéphanie begnügte sich mit einem Lächeln.
»Es ist ein Mädchen«, sagte sie. »Ich habe es Ephebe genannt.«

»Das … das ist hübsch, aber, nun, auf Griechisch ist ein Ephebe …«

Jean richtete sich im Bett auf.

»… ein kleiner Junge«, murmelte er mit schwerer Zunge.

Stéphanie schreckte aus dem Schlaf hoch.

»Was ist mit dir?«

»Das Baby«, erwiderte Jean mit verstörtem Gesicht.

»Was für ein Baby?«

Sehr schnell ordnete sich alles in seinen Gedanken. Violaine hatte geglaubt, sie sei schwanger. Sie hatte einen Test gemacht. Negativ. Stéphanie bloß nichts sagen.

»Nein, nichts«, sagte er und rieb sich die Augen. »Ein idiotischer Traum.«

Da begannen die Morgennachrichten im Radiowecker zu knistern, und Jean erinnerte sich, dass sie geplant hatten, früh nach Deauville aufzubrechen. Nicht geplant hatten sie allerdings, dass Mirabelle mitfahren würde. Aber ihre Patentante, die sie hüten sollte, hatte in letzter Minute abgesagt. Eine Magen-Darm-Geschichte.

»Ich sag den Kleinen, sie sollen sich fertig machen«, sagte Stéphanie seufzend und quälte sich aus dem Bett. Denn Mirabelle hatte geheult, bis ihre Eltern ihre Freundin Agathe eingeladen hatten, einen weiteren Fan von *Schweinchenland*.

Der kleine strubbelige Kopf von Mirabelle hob sich vom Kopfkissen.
»Ist es etwa schon Zeit?«
»Natürlich, du bist noch todmüde! Ihr hättet einfach nur früher zu schlafen brauchen«, brummte Stéphanie. »Was ist mit dir, Agathe?«
Das andere Mädchen jammerte und drückte sich mit beiden Händen die Stirn.
»Ich hab Kopfweh.«
»Das hat ja noch gefehlt! Also, aufgestanden. Ich lös dir ein Aspirin auf, Agathe.«
Es gingen gerade alle möglichen Viren rum, da musste sie nicht Jean damit belasten. Er würde sich nur aufregen. Die Sprudeltablette Aspirin würde es der Kleinen erlauben, bis mittags durchzuhalten. Dann würde die Seeluft sie neu beleben. Oder ihr den Rest geben. Stéphanie hoffte, dass die Kleinen wieder einschlafen würden, sobald sie im Auto säßen. Doch leider hatte die Aspirintablette ihr Sprudeln auf Agathe übertragen, und sie konnte umso weniger still sitzen, als ihre Eltern ihr gerade ein Handy gekauft hatten, mit dem sie sich fotografieren, ihre Unterhaltung aufnehmen und Videospiele spielen konnte.
»Unglaublich, was man damit alles machen kann«, sagte Stéphanie.
»Angeblich kann man damit sogar telefonieren«, bemerkte ihr Mann.

Da kam Agathe die beste Idee des Vormittags, nämlich sich einen neuen Klingelton für ihr Handy auszusuchen. Sie führte daher Mirabelle alle Melodien vor, die ihr zur Verfügung standen, und so wechselte die *Königin der Nacht* mit *La Cucaracha* ab, *Captain Future* traf auf den *Schwan* von Camille Saint-Saëns, und *La Traviata* wurde von *Star Wars* abgelöst. Bei *We will rock you* platzte Doktor Baudoin endgültig der Kragen: »Verflucht noch mal, hört ihr jetzt endlich auf, zum Donnerwetter?«

Noch nie hatte der Innenraum eines Autos derart einem fahrenden Sarg geglichen wie in der darauffolgenden Stille. Mirabelle steckte sich den Daumen in den Mund. Im Prinzip machte sie das nicht mehr. Aber jetzt musste es sein.

In Deauville herrschte klares, frisches Wetter. Doktor Baudoin schöpfte tief Atem und reinigte sich von der ganzen Woche, von all den Aussätzigen, Migränekranken, Verstopften, die ihr Elend auf ihm abluden. Agathe und Mirabelle trennten sich nicht vom Handy, sie waren damit beschäftigt, das Hintergrundbild zu ändern. Als sie sich für einen hawaianischen Strand entschieden hatten, rutschte das Handy Agathe aus der Hand und fiel in eine Pfütze.

»Das ist ja mal eine gute Neuigkeit«, freute sich Jean unerbittlich.

Jetzt konnten die Mädchen sich Spielen hingeben, die ihrem Alter entsprachen, Tunnel im Sand graben und schreien, wenn eine Welle ihnen an der Zehenspitze leckte. Als es am Nachmittag dann windig wurde, musste man nach Haus – in jene Villa mit Garten, die sich Jean und Stéphanie von ihren gemeinsamen Patienten hatten finanzieren lassen.

Agathe, die ein bisschen Angst vor Doktor Baudoin hatte, zwang sich beim Abendessen, etwas hinunterzubringen, obwohl sie keinen Hunger hatte.

Dann gingen die kleinen Mädchen in ihr Zimmer und beschrieben sich gegenseitig ihr Traumhandy.

Gegen neun Uhr kam Stéphanie, die zu ihnen gegangen war, um sie ins Bett zu schicken, eilig ins Elternschlafzimmer zurückgelaufen.

»Die Kleine ist krank.«

Jean, der bereits im Bett lag, richtete sich abrupt auf. Mirabelle, seine Kleine.

»Krank?«

»Sie spuckt.«

Stéphanie schnappte sich ein Handtuch und ein neues T-Shirt und rannte wieder zurück. Jean lief ihr ins Badezimmer hinterher, wo Agathe sich über die Toilettenschüssel beugte und sich übergab.

»Ach so, die andere«, bemerkte er halblaut.

Am selben Samstag hatte Violaine beschlossen, aufzustehen, sobald ihre Eltern das Feld geräumt hätten. Aber als sie hörte, wie die Eingangstür hinter ihnen zuging, blieb sie mit angezogenen Beinen liegen, hin- und hergerissen zwischen Hunger und Übelkeit. Selbst der Drang zu pinkeln, der sie erneut quälte, konnte sie nicht dazu bringen, das Bett zu verlassen. Sie konnte nicht glauben, was ihr geschah. Da gab es ein ungeheures Missverhältnis zwischen jenen zehn Minuten, die sie mit D. auf einem Bett verbracht hatte, und dem Bauch, der sich am Horizont abzeichnete. Es war verrückt. Sie brüllte innerlich: Und das auch noch mit siebzehn, nein! Nein, also ja. Es war unmöglich, aber es war da. Das machte sie fertig. Das Klingeln von *Biene Maja* riss sie aus tiefer Verzweiflung.

»Adelaide?«

»Okay, ich habe mich im Internet informiert«, sagte die stärkende Stimme ihrer Freundin. »Wenn die Schwangerschaft ganz am Anfang ist, braucht man nur im Abstand von ein paar Tagen zwei Medikamente zu nehmen. Und es geht vorbei.«

Oh, ja, dachte Violaine. Es soll vorbeigehen. Ihre Augen waren voller Tränen. Sie wischte sie am Kopfkissen ab.

»Gibt's das in der Apotheke?«

»Also, das heißt ... das gibt's nicht einfach so. Man muss zu einem Arzt.«

Violaines Hoffnung erlosch wieder.
»Du könntest deinen Vater fragen«, schlug Adelaide vor.
»Nein.«
Das kam mit großem Nachdruck.
»Dann können wir zu der Ärztin meiner Mutter gehen. Sie ist auch meine Ärztin. Sie ist sehr gut.«
»Ja, eine Frau ist mir lieber.« Violaine stimmte zu.
»Das ist mir weniger unangenehm.«
»Ich mache einen Termin für dich aus.«
»Danke.«
Es gab kein anderes Wort. Danke. Adelaide stand auf ihrer Seite. Zehn Minuten später rief sie an:
»Ich habe einen Termin für Viertel nach zehn. Ich habe meinen Namen angegeben, damit wir schnell drankommen. Wir gehen gemeinsam hin.«

Die Ärztin hieß Broyard. Nina Broyard. Die beiden Mädchen hatten sich in einem Bistro gegenüber der Praxis verabredet.
»Einen Kaffee?«
»Ja«, sagte Violaine, ohne nachzudenken.
Dann verzog sie angeekelt das Gesicht.
»Nein.«
»Ist dir übel?«, erkundigte sich Adelaide.
»Mmmm.«
Sie biss die Zähne zusammen.

»Sagst du es … Dings denn nicht?«, erkundigte sich Adelaide.

»Was soll ich ihm sagen? Dass er bescheuert ist? Es ist ja sowieso mein Problem. Er wird nicht an meiner Stelle entscheiden … Ist es nicht Zeit, rüberzugehen?«

»Noch zehn Minuten. Mach keinen Stress. Ich sag dir, sie ist supernett.«

»Meinst du, dass … dass sie mir das Medikament gibt?«

»Nein, sie lässt dich was unterschreiben, wo du erklärst, dass du schwanger bist und einen Schwangerschaftsabbruch willst und so.«

»Und dann, was mach ich dann damit?«, fragte Violaine hartnäckig weiter. »Geh ich in die Apotheke, um das Medikament zu bekommen?«

»Nein, ich glaube nicht … Weil du nachdenken musst.«

Violaine riss entsetzt die Augen auf:

»Weil ich nachdenken muss?!«

»Ja, du hast sieben Tage, weißt du, das ist wie bei meinen Eltern, als sie die Wohnung gekauft haben. Du hast eine Frist, also, falls du deine Meinung änderst.«

Sie trank ihren Kaffee und vermied es dabei, ihre Freundin anzusehen.

»Okay, gehen wir?«, fragte sie und stellte ihre Tasse ab.

»Das bringt doch nichts. Wenn es nur um so einen Schein geht.«

Sie wollte, dass das Ganze sofort aufhörte. Sieben Tage würde sie nicht durchhalten.

»Das ist nun mal Vorschrift«, entgegnete Adelaide, die langsam nervös wurde.

Die Praxis der Ärztin war noch luxuriöser als die von Doktor Baudoin. Der Raum, der als Wartezimmer diente, war mit einem Klavier ausgestattet, das nur auf die junge Tochter des Hauses zu warten schien. Über dem Marmorkamin hing eine kleine Pendeluhr von 1900, und ein äußerst entspannender Klangteppich aus Vogelgezwitscher und Wasserfällen sollte die Patienten bei Laune halten. Im Moment saß dort nur ein einziger alter parkinsonkranker Herr, dessen Stock unwillkürlich auf den Fußboden stampfte. *Ein Patient für Chasseloup*, dachte Violaine, als sie ihn ansah. Das war ein Witz ihres Vaters, den inzwischen die gesamte Familie übernommen hatte.

Die Tür ging auf, und Nina Broyard erschien, um die fünfzig, frischer Teint und rosafarbenes Kostüm, das angenehme Rundungen umschmiegte. Sie warf einen Blick zu Seite auf die beiden jungen Mädchen, bevor sie laut rief, wie man es bei Schwerhörigen macht:

»Treten Sie ein, Monsieur Lepoilu!«

Die Tür schloss sich hinter dem alten Herrn. Die bei-

den Mädchen waren einen Moment überrascht, dann warfen sie sich einen Blick zu. Adelaide war die Erste, die losprustete. Violaine ließ sich von ihrem Lachen anstecken. Dann konnten sie nicht mehr damit aufhören. Sie gluksten, bekamen keine Luft mehr, sie begannen noch stärker zu lachen, tadelten sich stöhnend: »Oh, nein ...« Schließlich stand Violaine auf und drehte ihrer Freundin den Rücken zu, denn sobald ihre Blicke sich begegneten, kitzelte das Lachen sie erneut im Hals. Schließlich öffnete Doktor Broyard die Tür und rief:
»Adelaide?«
Ein leicht nervöser Schauder durchfuhr sie beide.
»Also, in Wirklichkeit sind wir zusammen hier«, sagte Adelaide und deutete auf ihre Freundin.
»Das sehe ich«, erwiderte die Ärztin mit einem habgierigen Lächeln. »Das passt gut, ich habe zwei Stühle. Mach die Tür hinter dir zu, Adelaide. Gut, mit wem fangen wir an?«
Die Stimme war herzlich, aber ein bisschen brutal, und der eindringliche Blick war Violaine unangenehm, sie sah zu Boden und stammelte:
»Mit ... Mit mir ...«

Da sie noch nie dagewesen war, stellte die Ärztin ihr die üblichen Fragen und gab die Informationen in ihren Computer ein.

»Baudoin«, wiederholte sie. »Ich kannte mal jemanden, der ...«
Sie beendete ihren Satz nicht. Sie hatte einen gewissen Baudoin an der Uni geliebt, einen wahren Schürzenjäger.
»Siebzehn«, betonte sie laut, als Violaine ihr Geburtsdatum genannt hatte. »Noch auf dem Gymnasium? Ja ... Naturwissenschaftlicher Zweig. Gut. Alle Impfungen vollständig? Also, was führt dich heute zu mir?«
»Ich bin schwanger.«
Doktor Broyard unterdrückte einen leisen Triumphschrei. Sie hätte darauf wetten können!
»Bist du dir sicher?«, fragte sie mit zuckersüßer Stimme.
Das Duzen kam Violaine plötzlich deplatziert vor.
»Ich habe einen Test gemacht«, antwortete sie widerwillig.
»Nimmst du nicht die Pille?«
»Nein.«
»Warum?«
»... macht dick«, murmelte Violaine.
»Die Schwangerschaft auch«, bemerkte die Ärztin mit einem Mal scharf. »Und weiß dein Freund, wie man mit Präservativen umgeht? Und übrigens, hast du einen Freund, oder war das nur eine plötzliche Anwandlung?«

»Ein bisschen beides.«

»Das gibt ja nicht viel Sinn ...«

Sie seufzte, dann fuhr sie fort:

»Siehst du, wohin dich das bringt? Mit siebzehn brauchst du Pille *und* Präservativ, Gürtel und Hosenträger.«

Adelaide sprang auf.

»Ich ... Ich warte nebenan.«

»Wenn du magst«, antwortete die Ärztin. »Aber die Ratschläge gelten auch für dich.«

Die Tür ging hinter Adelaide zu, und Violaine hatte das Bedürfnis, ebenfalls zu fliehen. Aber sie brauchte diesen verdammten Schein. Das Verhör ging weiter. Wann hatte sie ihre letzte Regel gehabt? Hatte sie sie wirklich regelmäßig? Alle achtundzwanzig Tage, alle dreißig Tage?

»Also ... Was hast du in dieser Situation vor?«, fragte die Ärztin schließlich und senkte dabei die Stimme, um Violaine dazu zu bringen, sich ihr anzuvertrauen.

»Ich will nicht ... Ich will eine ...«

Sie kam nicht mehr auf den passenden Ausdruck.

»Ich will abtreiben.«

»Hast du mit deinen Eltern geredet? Weiß deine Mutter Bescheid?«

Violaine riss die Augen auf und schüttelte den Kopf.

»Du bist minderjährig, muss ich dich daran erinnern?«

Dann schwieg sie.

»Aber ich dachte …«, begann Violaine, ohne weitersprechen zu können.
»Ja? Du dachtest …?«
Doktor Broyard lachte spöttisch:
»Oh, ja, wenn du ins Zentrum für Familienplanung gehst, machen sie das vielleicht ohne Einwilligung der Eltern. Da verteilen sie die Pille danach. Also, warum nicht gleich einen heimlichen Schwangerschaftsabbruch? Aber weißt du, dass es bei einer Abtreibung Risiken gibt? Ob du nun den medikamentösen Abbruch wählst – wenn man da überhaupt von Wahl reden kann – oder die Absaugmethode, mit oder ohne Betäubung, mit lokaler oder Vollnarkose (von den Schmerzen dabei will ich gar nicht reden), weißt du, dass das Risiko von Blutungen, Durchbrüchen, allergischen Reaktionen, Ohnmacht und Kreislaufstörungen, Embolien, dauerhafter Unfruchtbarkeit und psychischen Traumata besteht? Und wenn dir im Krankenhaus oder auch zu Hause in deinem Zimmer etwas zustößt, und deine Eltern wissen nicht Bescheid?«
Violaine begann zu weinen. Die Ärztin glaubte, sie habe ihre Aufgabe erfüllt: bei einer dummen Gans, die eine Abtreibung für ein Verhütungsmittel hielt, Verantwortungsgefühl zu wecken.
»Glaubst du, du kannst über all das mit deiner Mutter sprechen?«
»Weiß nicht«, schluchzte Violaine.

»Es wäre gut, wenn ihr gemeinsam zu mir kämt. Diese Sache geht Adelaide nichts an, verstehst du? Adelaide kann dir in diesem schwierigen Moment deines Lebens nicht helfen.«

Sie redete jetzt in mitleidvollem Ton, und Violaine weinte nun nicht mehr vor Schrecken, sondern über sich selbst. Die Ärztin hielt ihr eine Packung Taschentücher hin. Sie war sich sicher, die richtige Geste im richtigen Moment getan zu haben. Violaine schnäuzte sich, kläglich wie ein kleines Mädchen, das von einer Mauer gefallen ist.

»Gut«, schloss die Ärztin. »Du stehst ganz am Anfang der Schwangerschaft – natürlich nur, wenn du dich nicht getäuscht hast. Es gibt keinen Grund, die Dinge zu überstürzen. Ein medikamentöser Schwangerschaftsabbruch erfordert übrigens eine Reife, die man in deinem Alter selten hat. Die chirurgische Methode wäre vorzuziehen. Nimm dir Zeit, mit deiner Mama zu reden. Dann kommt ihr beide zu mir. Siehst du, das war der richtige Schritt. Und lass Adelaide in Ruhe. Du musst sie nicht mit einem Problem belasten, das sie nicht lösen kann.«

Doktor Broyard begleitete Violaine zur Tür und gab ihr die Hand.

Violaine blieb nichts anders übrig, als sie zu schütteln.

Im Wartezimmer sammelte Adelaide einen Fetzen auf. Ihre Freundin.

Sie gingen schweigend die Straße entlang. Ab und zu schluchzte Violaine.
»Hast du den Schein?«, fragte Adelaide schließlich.
»Nein.«
Dann explodierte sie:
»So eine blöde Kuh!«
»Entschuldigung«, stammelte Adelaide. »Ich dachte, sie wäre sympathisch. Aber ich geh nie wieder zu ihr.«
Eine kümmerliche Rache.
»Ich hasse sie.«
»Ja, und was ist mit dem Schein?«, drängte Adelaide tapfer. »Am besten wäre dein Vater. Außerdem weiß er beinahe Bescheid.«
»Nein.«
Sie bockte. Aber es gab keinen Ausweg mehr.
»Ich bring mich um.«
»Sag nicht so was.«
Sie nahmen sich bei der Hand. Adelaide suchte nach etwas, womit sie ihre Freundin wieder auf die Beine bringen konnte. Eine Ablenkung. Ein Witz. Bonbons?
»Oh, guck mal, da ist *Claire's*«, rief sie und blieb abrupt vor einer Filiale der berühmten Kette für Modeschmuck stehen. »Wolltest du nicht Ohrringe?«
Violaine zuckte mit einer Schulter, pffff, also wirklich, was für eine Idee, sah aber trotzdem ins Schaufenster.
»Die da, die Creolen mit Perlen in der Mitte«, bemerkte Adelaide.

»Nicht mein Stil«, brummelte Violaine.
Aber sie begann, sich den Schmuck aufmerksamer anzusehen.
»Gehen wir rein?«, schlug Adelaide vor, ohne allzu viel Begeisterung in ihre Stimme zu legen.
»Mmmmm.«
Sie betraten den Laden und nahmen vergoldete und versilberte Ohrgehänge von den Ständern, Falter, Blumen, Herzen, warfen ihr Haar zurück, hielten sich probeweise den Schmuck an die Ohren. Violaine mit ihren glänzenden Augen und den geröteten Wangen war so anrührend. Manchmal drang ihr ein Seufzer, fast ein Schluchzen über die Lippen.
»Die da stehen dir supergut«, sagte Adelaide ermutigend.
»Die blauen?«
»Sie sind eher violett. Wie deine Augen.«
Violaine verzog das Gesicht. Wie immer zögerte sie. Sie mochte die kleinen Gummifrösche, die silbernen verdrehten Ohrringe und auch die blauen, die violett waren.
»Ich weiß nicht, welche ich nehmen soll. Für welche würdest du dich an meiner Stelle entscheiden?«
Adelaide zeigte auf die violetten Anhänger. Violaine legte sie zurück, probierte etwas anderes. Dreiecke.
»Raffiniert«, sagte ihre Freundin.
»Und du, kaufst du welche?«

»Wenn du die violetten nicht willst, nehme ich sie.«
Violaine entschied sich für die Frösche und war sich schon sicher, dass das ein Fehler war.

Als sie das Geschäft verließ, merkte sie, dass ihr Kummer draußen auf sie wartete wie ein Hund. Adelaide legte ihr den Arm um die Schulter, küsste sie auf die Wange und hielt ihr das kleine Päckchen von *Claire's* hin.
»Für dich.«
Es war nichts. Es war viel. Es war das Zeichen, dass man einen Fehler machen und doch eines Tages bekommen konnte, was man wollte.
»Oh, ich weiß!«, rief Violaine. »Ich geh zu dem Kollegen von Papa.«
Genau das war sie: eine Patientin für Chasseloup.

5
Ganz entschieden eine Fahrstuhlgeschichte

Chasseloup war Junggeselle, lebte aber nicht allein. Zwei Jahre zuvor hatte er in der Mülltonne ein kleines Etwas entdeckt, das sich inmitten des Abfalls noch ein bisschen regte. Es war ein Kätzchen, das nicht richtig getötet worden war, dessen Überlebenschancen der Arzt aber gering einschätzte. Er hatte es jedoch nicht über sich gebracht, den Mülltonnendeckel wieder über dem Kätzchen zuzuschlagen, hatte es im Nacken gepackt und in seine Wohnung im dritten Stock getragen. Wider jede Erwartung erholte sich das Tier von den diversen Brüchen und Verletzungen. Es war eine Straßenkatze. Ihr fehlte die Schwanzspitze und ein halbes Ohr. Also nicht gerade eine Rassekatze. Da sie nicht gestorben war, brauchte sie nun einen Namen. Vianney war ein nachdenklicher Mensch, aber ohne Phantasie. Da er die Katze in einer Mülltonne gefunden hatte, nannte er sie Tonne.

Sobald Tonne anfing zu gedeihen, war in Doktor Chasseloups Alltag deutlich mehr los. Schon morgens, wenn er gerade aufgewacht war, musste er aufpassen, wo er den Fuß hinsetzte oder mit der Hand hinfasste, denn Tonne ließ sich an ziemlich unerwarteten Orten nieder, auf Chasseloups Hausschuhen oder zusammengerollt an seinen Wecker geschmiegt. Katzen, das ist bekannt, werden nicht gern bei ihrem Nickerchen gestört, und wenn Chasseloup sie unglücklicherweise mit dem Fuß oder den Fingerspitzen streifte, fing er sich sofort einen bösen Krallenhieb ein. Denn wir müssen eine traurige Wahrheit gestehen: Tonne war kein dankbares Wesen. Vianney nahm ihr das nicht übel, er hatte all die Psychologiebücher gelesen, die einem erklären, dass der Grund für die Gemeinheit der Kinder in der Garstigkeit ihrer Eltern liegt. Die frühe Kindheit von Tonne inmitten von Gemüseabfällen hatte sie nicht gerade aufblühen lassen.

An diesem Samstagvormittag freute Vianney sich bei der Vorstellung, arbeiten zu gehen und seinen freien Vormittag Doktor Baudoin zu schenken. Er stellte seine große weiße Kaffeeschale auf den Tisch, holte Baguette, Milch und Butter, dann sah er zu, wie der Kaffee durchlief. Als er mit der Kanne in der Hand zurückkam, um sich auf seinen Platz zu setzen, hatte

Tonne diesen bereits erobert. Sie lag zusammengerollt auf dem Kissen und schien zu schlafen. Aber ein verdächtiges Zucken ihres unversehrten Ohres warnte Vianney vor der Gefahr, die drohte, wenn er die Hand ausstrecken würde, um sie zu verscheuchen. Er schob daher Schale, Brot, Milch und Butter ans andere Ende des Tischs und setzte sich mit dem befriedigten Lächeln eines Typen, der sich nicht hat hereinlegen lassen.

Er bestrich ein Brot mit Butter, tunkte es in den Kaffee und biss kräftig hinein. In dem Augenblick, als das weich gewordene Brot seinen Gaumen berührte, fuhr er zusammen, aufmerksam auf das achtend, was plötzlich Außerordentliches in ihm vorging. Ohne den geringsten Grund hatte ihn ein seltsamer Kummer überkommen, der den vor ihm liegenden schönen Vormittag trübte. Er hatte aufgehört, sich nützlich, zufrieden und unternehmungslustig zu fühlen. Woher kam dieser Kummer? Er war mit dem Geschmack des in den Kaffee getunkten Brots verbunden. Er biss ein zweites Mal hinein, kaute, verzog das Gesicht. Es schmeckte nicht. Es schien ihm, als habe er diesen Augenblick schon einmal erlebt, und er versuchte, ihn erneut aus der Tiefe seiner Erinnerung zu fischen. Er wollte gerade sein Frühstück fortsetzen, als die Erinnerung plötzlich da war.

Ein Sonntagvormittag in der Wohnung über der Innereien-Metzgerei. In der Küche hängt ein Geruch von zu stark erhitztem Kaffee. Ein kleiner einsamer Junge öffnet die Tür eines alten Kühlschranks, der ihm seine Eingeweide darbietet. Ganz oben, unter dem Eiswürfelfach, drücken sich dicke Schweinenieren an eine in ihrem schwarzen Blut erstarrte Blutwurst, eine *Boudin*, die Spezialität des Metzgers. Im Fach darunter liegen zwei kleine, in Scheibchen geschnittene Lammhirne neben einer Scheibe Kalbsleber, klebrig-glitschig wie eine Nacktschnecke. Das Kind hat Hunger, ist aber unfähig, die Hand nach diesem ekligen Essen auszustrecken. Es macht die Kühlschranktür wieder zu und lässt den Blick umherschweifen.

Auf dem Gasherd steht ein mit einem Deckel verschlossener Kochtopf, der möglicherweise darauf wartet, wieder aufgewärmt zu werden. Das Kind nähert sich, starr und misstrauisch. Plötzlich beginnt sein Herz wie wild zu klopfen, ihm läuft das Wasser im Mund zusammen. Vielleicht sind es Nudeln? Der Junge träumt von Nudeln, auch wenn sie kalt, kompakt und zusammengepappt sind. Mit den Fingerspitzen schiebt er den Deckel ein bisschen zur Seite, und ein Entsetzensschrei entringt sich seinen Lippen. Im Topf liegen hübsch bemehlte Schnecken, die gerade vor sich hin krepieren und dabei Blasen von sich geben.

Schließlich entdeckt das Kind – als letzte Hoffnung – die Überreste des Frühstücks von Opa Boudin, ein wenig Kaffee in einer weißen Schale, ein Rest Brot und Butter in einem Schälchen. Ein Festmahl! Es sieht sich ängstlich um, dann schmiert es sich schnell das Brot mit Butter, taucht es in den Kaffee, um es aufzuweichen, und führt es an die Lippen. Iiiigitt! In dem Schälchen war Knoblauchbutter, eine Köstlichkeit für die Schnecken.

Vianney warf einen bekümmerten Blick auf seine Scheibe Brot. Wie hatte sie nur seine gequälte Kindheit zurückholen können? Da merkte er die wenig verlockende, zu gelbe Farbe der Butter. Er roch daran. Iiiigitt! Sie war ranzig. Vianney stand auf, schnappte sich Butterbrot und Butter, warf alles in den Müllschlucker und verzichtete – genau wie als Achtjähriger – auf das Frühstück.
»Also«, sagte er und wandte sich seiner Katze zu. »Bis heute Abend, Tonne!«
Die Katze zuckte mit ihren anderthalb Ohren, als hätte man sie belästigt.
Kaum war er auf der Straße, spürte Vianney, wie sein Handy in der Hosentasche vibrierte.
»Ah, das, das ist ...«, murmelte er und sagte dann laut: »Madame Pézard?«
»Sind Sie es, Doktor? Oh, da bin ich aber froh! Ich

habe mir solche Sorgen gemacht: Ich habe Hühnermagen gegessen!«

Vianney hatte den Eindruck, der alte Kühlschrank würde sich erneut öffnen. Verwirrt blieb er stumm.

»Hallo? Hören Sie mich, Doktor? Ich habe einen Salat mit Hühnermagen gegessen.«

»Ja, und?«

»Na ja … die Vogelgrippe! Gerade vorhin haben sie schon wieder im Radio davon gesprochen.«

»O ja, natürlich, die Vogelgrippe!«

»Ich esse doch schon kein wahnsinniges Fleisch mehr, na, also kein Rindfleisch … Was mach ich mit den Hühnermägen, die ich noch habe?«

»Die schmeißen Sie weg«, antwortete Vianney angewidert.

An diesem Samstagmorgen betrat Doktor Chasseloup mit siegessicherem Schritt die Praxis. Die ganze Etage gehörte heute ihm. Selbst Josie Molette hatte frei. Aber als er vor der Tür von Doktor Baudoin vorbeikam, dämpfte er die Schritte und wäre beinahe auf Zehenspitzen gegangen.

Als er in seinem eigenen Sprechzimmer war, ging er direkt zum Eid des Hippokrates. Die Hände im Rücken, dachte er über die Worte nach:

Den Bedürftigen werde ich kostenlos behandeln und niemals einen Lohn fordern, der meine Arbeit übersteigt.

Die Klingel der Eingangstür riss ihn aus seiner Meditation. Acht Uhr dreißig. Ein sehr zeitiger Patient begab sich direkt ins Wartezimmer, und Vianney bat Hippokrates, ihn zu entschuldigen. Die Pflicht rief.
»Monsieur?«
Ein kleiner, etwa sechzigjähriger Mann erhob sich mit wütendem Blick von seinem Stuhl.
»Monsieur Bonpié. Ich möchte zu Doktor Baudoin.«
»Er ist heute nicht da.«
»Aber es ist ein Notfall! Er hätte mich mit seinem Medikament fast umgebracht.«
»Doktor Chasseloup«, stellte Vianney sich vor. »Ich vertrete Doktor Baudoin – so gut ich kann. Wenn Sie so freundlich sind ...«
Er bedeutete ihm einzutreten. Der zornige kleine Mann schien zu zögern. Er wollte zu seinem Arzt, um seine Wut an ihm abzulassen. Aber im Grunde genommen konnte er das auch an diesem hier. Er betrat das Sprechzimmer von Vianney, nahm sich den altersschwachen Stuhl und ließ sich drauffallen, wodurch er ein schreckliches Knarzen hervorrief.
»Was ist denn das?«, rief er und stand halb wieder auf.
Vianney antwortete mit ruhiger Überzeugung:
»Das ist ein Stuhl. Was kann ich für Sie tun, Monsieur?«
Bonpié räusperte sich, plötzlich gehemmt durch den

fast unmenschlich sanften Blick, der auf ihm ruhte. Ein Außerirdischer? Oder ein Trottel?
»Ja … Ich … Also … Hmmm … Ihr Kollege hat mir da was angedreht … was ich gestern Abend genommen habe. Und sofort danach haben mir die Hände gezittert, ich hatte Herzrasen und bin fast ohnmächtig geworden. Also, jedenfalls hatte ich große Angst. Und … hmm … meine … meine Frau auch.«
»Ja, was haben Sie denn genommen?«, fragte Vianney.
Stille.
»Viagra.«
Stille.
»… das Doktor Baudoin Ihnen verschrieben hat?«
»So ist es.«
Stille.
»Haben Sie Erektionsschwierigkeiten?«
»Nicht im Geringsten. Es war nur … ein bisschen was zum Stimulieren.«
Bonpié versuchte es mit einem Augenzwinkern, aber er fühlte sich erbärmlich.
»Viagra ist ein Medikament«, erklärte Vianney sachlich. »Wie bei jedem Medikament gibt es Gegenanzeigen, und es kann Nebenwirkungen hervorrufen.«
»Na, das glaube ich Ihnen, die Nebenwirkungen vergesse ich nicht so schnell!«, rief Bonpié, der lieber nur das Ende des Satzes hörte. »Grund genug, Anzeige zu erstatten!«

»Ich würde Sie gern untersuchen«, antwortete Vianney. »Wenn Sie sich bitte freimachen würden ...«
Bonpiés Zorn fiel in sich zusammen. Am Ende der Untersuchung maß Chasseloup noch den Blutdruck.
»160/100. Ist das bei Ihnen normal?«
»Weiß ich nicht. Das habe ich schon länger nicht mehr überprüft.«
Vianney runzelte überrascht die Stirn. Man konnte kein Viagra verschreiben, ohne zuvor den Blutdruck des Patienten zu messen. Der Vorfall, der nach einem Kunstfehler von Doktor Baudoin aussah, verwirrte ihn immer mehr.
»Möglicherweise sind Sie von dem, was Ihnen passiert ist, noch etwas mitgenommen«, schloss er. »Vielleicht leiden Sie auch an zu hohem Blutdruck. Sie müssen Doktor Baudoin über das Problem informieren.«
»Ja, glauben Sie denn, ich gehe noch einmal zu diesem Blödmann?«, erwiderte Bonpié.
Dieser Blödmann! Vianney hatte den Eindruck, der Boden würde unter ihm nachgeben. Nachdem Bonpié aufgeregt gegangen war, machte Vianney erneut Station vor dem Eid des Hippokrates: *Was ich im Umgange mit Menschen sehe und höre, das man nicht weiterreden darf, werde ich für mich behalten und als Geheimnis bewahren.*
Neun Uhr. Er öffnete die Tür zum Wartezimmer und

sah drei Personen. Er begriff, dass er einen schnelleren Rhythmus anschlagen musste, wenn er danach pünktlich zu seiner Sprechstunde im Zentrum für Familienplanung kommen wollte.

Während Vianney im Schnelldurchgang die Patienten von Doktor Baudoin empfing, ließ Violaine sich von Doktor Broyard abkanzeln, lief ziellos durch die Straßen, kaufte Ohrringe bei *Claire's* und traf allein ihre Entscheidung:
»Ich gehe zu Chasseloup.«
»Was für ein Name«, kommentierte Adelaide.
»Papa meint, er ist keine Leuchte. Aber gut. Ist ja nicht kompliziert, so einen Schein zu unterschreiben.«
»Hast du keine Angst, dass er alles deinem Vater erzählt?«
»Er unterliegt der ärztlichen Schweigepflicht«, erwiderte Violaine barsch.
Sie sah auf die Uhr. Viertel vor zwölf.
»Ich hab so Hunger.«
Adelaide warf verstohlen einen Blick auf den Bauch ihrer Freundin. Sie hatte gehört, in solchen Fällen würde man für zwei essen.
»Da hinten kommt gleich ein McDonald's.«
»Mmmh, lecker«, machte Violaine zur Bestätigung.
Adelaide lächelte bei der Vorstellung, wie Violaine vor

zwei Big Macs, zweimal Pommes und zwei Cola sitzen würde.

»Wie fühlst du dich?«, wollte sie wissen.

»Mir ist kotzübel. Und ich hab Hunger.«

»Ja, aber abgesehen davon?«

»Merkwürdig. Ich komm mir vor wie 'ne Barbiepuppe.«

Adelaide warf ihr erneut einen Blick von der Seite zu, aber diesmal auf Höhe der Brust.

»Stimmt schon, du …«

Sie lachten beide, und Violaine richtete sich auf und streckte ihre Brüste vorteilhaft vor.

»Im Grunde fühle ich mich … mehr als Frau.«

Von diesem Geständnis aus der Fassung gebracht, verstummte sie. Aber sie hatte deutlich den Eindruck, dass ihre Hüften ausgeprägter waren und ihr Bauch sich hübsch gerundet hatte. Adelaide spürte, wie ihre Neugier aufflammte. Sie bedauerte, sich im Internet nicht ausführlicher kundig gemacht zu haben.

»Weißt du, wie das aussieht? Es ist mikroskopisch klein, oder?«

Violaine schüttelte den Kopf. Nein, etwas mikroskopisch Kleines hätte keine solche Wirkung auf sie.

»Aber es hat keine Form?«, fragte Adelaide besorgt.

»Es ist wie eine Kaulquappe.«

Und Violaine begriff, warum sie bei *Claire's* Frösche gekauft hatte.

»Ich frage mich, wie das aussieht, wenn es abgeht«, fuhr sie fort.
Adelaide stoppte die Phantasien:
»Wie deine Regel, nur ein bisschen stärker.«
Violaine seufzte tief.
»Das Essen wird mir guttun.«
Sie stieß die Tür zu McDonald's auf und bekam den charakteristischen Geruch des Schnellrestaurants voll ins Gesicht. Sie wich so abrupt zurück, dass sie Adelaide anrempelte.
»Oh, so schlimm«, jammerte sie.
Sie standen wieder auf dem Bürgersteig, und Violaine ließ ihrer Verzweiflung freien Lauf.
»Was mach ich nur, wenn ich nicht mehr essen kann!«
Und in den Unterricht gehen? Und in die Schulkantine? Sie packte Adelaide am Arm:
»Sag! Kann man was sehen? Na? Im Gesicht?«
»Aber nein. Du spinnst ja.«
»Du verrätst mich nicht, ja? Du sagst auch nichts den anderen?«
»Ich unterliege auch der Schweigepflicht«, antwortete Adelaide ungestüm.
Violaine beruhigte sich ein bisschen.
»Und außerdem, wenn du willst«, fügte Adelaide hinzu, »kann ich mich schwängern lassen. Dann machen wir dasselbe durch.«

»Red keinen Blödsinn.«

Adelaide war nicht gekränkt. Es war ja auch wirklich Blödsinn. Plötzlich fuhr Violaine sich mit der Hand an den Bauch.

»O, ich muss, ich muss …«

Sie krümmte sich über den Rinnsteig und begann zu würgen. Sie wollte sich übergeben, hatte aber nichts im Magen. Ein galliger Geschmack drang ihr in den Mund, während sie versuchte zu spucken.

»Geht es Ihnen nicht gut?«, fragte eine Stimme.

Adelaide, die ihre Freundin stützte, hob den Kopf und entdeckte eine Polizistin.

»Es ist nichts. Sie hat sich verschluckt. Aber das geht vorbei.«

»Sind Sie sicher?«, fragte die Polizistin hartnäckig weiter.

»Ja, ja«, stammelten beide und entfernten sich mit der unbestimmten Furcht, mit siebzehn schwanger zu sein könne als Verbrechen angesehen werden.

Sobald sie außer Reichweite der Polizei waren, wurde Violaine unwohl. Ihr brach der Schweiß aus, und ihr Herz raste.

»Setz dich hin, setz dich hin«, flehte Adelaide und zog sie zu einer Bank.

»Ich bin so schwach«, wimmerte Violaine und sank zusammen.

Adelaide hatte sie noch nie so kreidebleich gesehen.

»Du musst was essen. Hast du denn auf gar nichts Appetit?«

Sie hatte von den Gelüsten schwangerer Frauen gehört und hoffte, Violaine würde sie nicht um Kaviartoasts oder Maracujasorbet bitten.

»Lakritzbonbons von Lajaunie«, murmelte Violaine mit ersterbender Stimme.

»Ach ja?«, rief Adelaide und sah sich um, in der Hoffnung, direkt neben ihnen wäre in jüngster Zeit ein Bonbonautomat aufgestellt worden.

Aber der Automat neben der Apotheke bot nur Kondome.

»Vielleicht im Supermarkt, bei Franprix? Ich kann gehen und nachsehen …«

»Nein, lass mich nicht allein. Warte.«

Violaine stützte sich auf die Schulter ihrer Freundin, stand auf und atmete tief durch.

»Es geht schon besser.«

Der Gedanke an die Lakritzbonbons hatte sie ein bisschen belebt.

Im Eingang von Franprix wäre sie beinahe erneut zusammengebrochen. Ihr war noch nie aufgefallen, wie durchdringend der Geruch eines Supermarkts sein konnte. Sie fühlte sich ganz verdreckt davon. Sie hielt sich die Nase zu und atmete mit offenem Mund.

»Ich seh sie!«, brüllte Adelaide.

Sie rannte zur Kasse und schnappte sich vier Dosen

Lajaunie-Lakritzbonbons. Wenn Violaine nichts anderes mehr essen konnte, war es besser, gleich Vorräte anzulegen.

Kaum waren sie draußen, schüttelte Adelaide heftig die kleine Dose über der offenen Hand ihrer Freundin.

»Aber doch nicht so viele!«, protestierte Violaine.

Beide nahmen mehrere Bonbons in den Mund und seufzten erleichtert. Violaine fühlte sich ein bisschen besser.

»Glaubst du nicht, du solltest jetzt zu Chasseloup gehen?«

»Mmmmhh«, machte Violaine zustimmend.

Viertel nach zwölf. In der Rue du Château-des-Rentiers saß nur noch ein einziger Patient im Wartezimmer.

»Monsieur Lespelette?«

Der Mann erhob sich unschlüssig von seinem Stuhl.

»Ähm … Ich möchte zu Doktor Baudoin.«

Den ganzen Vormittag über hatte Vianney es mit Leuten zu tun gehabt, die enttäuscht und manchmal irritiert davon waren, dass ihr behandelnder Arzt sie versetzte. Den einen hatte er geraten, weniger fett zu essen, den anderen, mit Rauchen aufzuhören. Die Patienten von Doktor Baudoin, die an zahlreiche Analysen gewöhnt waren (durchzuführen stets durch das Labor Sol), hatten ihm mit einer gewissen Skepsis zu-

gehört. Das sollte ein Arzt sein? Da wussten sie doch genauso viel wie er! Und Vianney hatte ihnen den Rest gegeben, indem er ihnen eine Spülung empfahl, um die Nase freizubekommen, »wissen Sie, einfach mit Meerwasser«, und eine Tasse heiße Milch, um besser einzuschlafen, »aber natürlich sollten Sie sich abends keine aufregenden Filme mehr ansehen«.
»Ich weiß, dass Sie zu Doktor Baudoin wollten, Monsieur Lespelette«, sagte Vianney. »Doch er konnte sich nicht frei machen.«
Die vorangegangenen Patienten schienen verstimmt, dieser hier jedoch machte eine ganz verzweifelte Miene.
»Aber ich habe die Ergebnisse meiner Untersuchungen!«
»Treten Sie ein, treten Sie ein, Monsieur Lespelette. Ich werde sehen, was ich für Sie tun kann.«
Als der arme Mann sich hingesetzt hatte, hielt er ihm einen Packen Papiere mit dem Briefkopf des Labors Sol hin. Vianney überflog sie stirnrunzelnd und suchte nach etwas Auffälligem, was ihm Aufschluss geben würde. Vielleicht würde er auf einen schönen medizinischen Fall stoßen, von dem er während seines Studiums geträumt hatte? Aber am Ende musste er sich den Tatsachen beugen: Alles war absolut normal.
»Gut«, sagte er und hob den Blick. »Sie sind gesund, Monsieur Lespelette.«

Seine zunächst schwungvolle Stimme verebbte am Ende des Satzes. Der Mann schien gehetzt.

»Ich wäre diese Nacht fast gestorben«, entgegnete Monsieur Lespelette vorwurfsvoll.

Ach, noch einer!

»Was ist Ihnen zugestoßen, Monsieur Lespelette?«

»Meine Frau hat den Krankenwagen rufen müssen. Ich bin mitten in der Nacht wach geworden, ohne einen Albtraum gehabt zu haben. Ich hatte große Schmerzen – hier.«

Er hielt die Hand auf Höhe des Brustbeins.

»Ich habe sofort an einen Infarkt gedacht. Na, also, wenn ich sage ›gedacht‹, dann sage ich schon zu viel. Ich war gar nicht mehr in der Lage zu denken. Ich habe meiner Frau zugerufen: ›Ruf den Notarzt‹! Ich habe keine Luft mehr bekommen, ich fühlte, wie ich dahinschwand.«

Allein das erneute Durchleben dieser Szene ließ ihn mit den Zähnen klappern.

»Meine Frau hat eine Wahnsinnszeit gebraucht, dem Typen von der Notfallzentrale zu erklären, was mit mir los war. Danach wollte er mich sprechen, damit ich ihm meine Symptome am Telefon erkläre. Ich konnte nur wiederholen: ›Ich sterbe, ich sterbe.‹«

Auf der anderen Seite des Schreibtischs wackelte Vianney nervös mit einem Knie und unterbrach ihn ungeduldig. Er kannte die Diagnose bereits.

»Und dann ist der Notarzt gekommen?«
»Ja, also … jedenfalls ein Krankenwagen, soweit ich das mitbekommen habe. Und ein Arzt, ein Kerl, der Fragen gestellt hat. Ich weiß nicht, was ich ihm geantwortet habe. Ich hatte den Eindruck, ich wäre nicht da.«
»Hat er Ihren Blutdruck gemessen?«
»Ja. Ich glaube, der war normal. In Wahrheit hat er mir nichts gesagt, was aufschlussreich wäre. Er wollte wissen, was für Medikamente ich nehme. Ich dachte, sie würden mich in den Krankenwagen verfrachten. Aber nein, er hat mir gesagt, ich sollte so rasch wie möglich meinen Arzt konsultieren.«
»Und Sie sind wieder eingeschlafen?«
Lespelette schien verwirrt, fast verschämt.
»Ja …«
Vianney beherrschte sich, um kein triumphierendes Gesicht zu machen, als er seine Diagnose darlegte:
»Sie waren Opfer einer Panikattacke, Monsieur Lespelette. Das ist verbreitet, eindrucksvoll – und harmlos. Sie haben tatsächlich erlebt, was Sie gerade beschrieben haben, aber Sie haben keinerlei Herzerkrankung. Jetzt würde ich Ihnen gerne ein paar Fragen stellen.«
Vianney befragte ihn zu den Medikamenten, die Doktor Baudoin ihm verschrieb. Ein angstlösendes Mittel und ein Schlafmittel. Dann stellte er ihm Fragen zu seiner medizinischen Vorgeschichte, nach ernsten Er-

krankungen in seiner Familie und seiner derzeitigen Familiensituation.
Und schließlich nach der Arbeit. Plötzlich begann Lespelettes Stimme zu zittern.
»Ich arbeite bei einer Immobilienbank.«
»Und läuft es gut?«
Lespelettes Augen flackerten kurz auf. Er lachte höhnisch.
»Sehr gut. Mit der kleinen Besonderheit, dass ich das Gefühl habe, allmählich wahnsinnig zu werden.«
Er beugte sich vor und entlockte damit seinem Stuhl einen unheimlichen Klagelaut.
»Sie macht mich noch wahnsinnig.«
Vianney zuckte zusammen und brummte:
»Wer bitte?«
»Meine …«
Lespelette lachte erneut höhnisch auf, bevor er es ausspuckte:
»… Chefin.«
Er warf sich zurück wie ein Hampelmann.
»Sie gibt mir zehn Akten gleichzeitig, alle dringend, und nimmt sie mir wieder weg, weil ich nicht vorankomme. Ständig kommt sie in mein Büro, um mich nach einem Freiumschlag oder einer Telefonnummer oder nach Post zu fragen, die sie nicht findet. Ich bin mir sicher, dass sie mir Briefe gibt und sie später heimlich an sich nimmt. Sie hat die Tür zu meinem Büro

aushängen lassen, damit sie keine Zeit durch Anklopfen verliert. Auf diese Weise kann sie mich überwachen. Sie sitzt im Büro gegenüber. Sie führt Strichlisten, wie oft ich aufstehe, um aufs Klo zu gehen.«
Er vergrub sein Gesicht in den Händen.
»Und ich kann mich nicht verteidigen! Niemand glaubt mir. Von außen betrachtet, ist ihr Verhalten tadellos. Manche finden sie sogar sympathisch. Manchmal denke ich schon, ich leide unter Verfolgungswahn.«
Vianney hörte zu, und seine großen sanften Augen weiteten sich immer mehr.
»Sie glauben mir nicht, nicht wahr?«, rief Lespelette.
»O doch! Ich kannte so jemanden.«
Ein so braver Mann. Immer bereit, der Kundschaft der Innereien-Metzgerei zu Diensten zu sein. Mit seinem gutmütigen Grinsen. Seiner tonlosen Stimme. Seinen erloschenen Augen.
»Er hätte mich beinahe so weit gehabt, dass ich draufgegangen wäre.«
»Also, glauben … glauben Sie mir?«, stammelte Lespelette.
»Ich glaube, Sie sind in Gefahr.«
Vianney warf einen Blick auf die Uhr. Zwanzig vor eins. Er wurde im Zentrum für Familienplanung erwartet.
Auf ein Blatt seines Rezeptblocks notierte er einen Namen und eine Adresse.

»Hier. Das ist ein Psychiater. Professor Michel Drumont.«
Lespelette sträubte sich: »Bin ich verrückt?«
»Nein. Sie! Sie ist verrückt.«
Lespelette zögerte, das ihm hingestreckte Blatt zu nehmen.
»Sagen Sie dort, Sie kämen von mir«, drängte Vianney. »Ohne Michel Drumont wäre ich nicht hier, um mit Ihnen zu reden.«
Das Ende des Gesprächs war ein wenig chaotisch. Lespelette steckte das Blatt ein, unterschrieb einen Scheck, dann standen die beiden Männer auf und gaben sich die Hand.
»Viel Glück«, sagte der eine.
»Machen Sie's gut«, sagte der andere.
Und es ist völlig unwichtig, wer der eine und wer der andere war.

Zehn Minuten vor eins betrat Vianney den Fahrstuhl und stieß im Erdgeschoss heftig die Tür auf.
»Habe ich Sie erschreckt?«
Er hätte beinahe ein junges Mädchen angerempelt, die eine Freundin zu stützen schien.
»O nein, es geht schon.«
In Wahrheit sah sie aus, als würde es ihr wirklich schlechtgehen, und Vianney wollte schon fragen: Was kann ich für Sie tun?

Aber er war entschieden zu spät dran. Er begnügte sich mit einem betrübten Lächeln, und Violaine erkannte in ihm den jungen Mann mit den Eselsaugen. Sie dachte, er müsse in diesem Haus wohnen.
Als sie an der Praxistür läutete, machte niemand auf.

6
Vianney macht sich vielleicht Illusionen

Stéphanie streckte den Kopf zur Tür herein:
»Ja, bist du denn noch nicht aufgestanden, Violaine? Oma ist da. Sie will das Baby sehen.«
Violaine löste sich halb betäubt von ihrem Kopfkissen:
»Aber ich weiß nicht, wo es ist!«
»Also, du könntest wirklich mal deine Sachen aufräumen«, schimpfte Oma.
Sie ist gelb angezogen, gelb wie die Lajaunie-Lakritzschachteln – und das bei Oma, die doch seit ihrem Tod immer Schwarz trägt.
»Ach, da ist es ja – in deiner Schublade!«, rief Stéphanie triumphierend.
Sie zog das Baby an den Füßen heraus.
»Ist es tot?«, erkundigte sich Violaine.
Es musste unter den Heften erstickt sein. Aber nein, uff, es ist aus Plastik.

»Das ist Colin, Oma.« Violaine erkannte es wieder. »Erinnerst du dich? Du hast es mir Weihnachten geschenkt. Und danach bist du gestorben.«

Alle sterben in diesem Leben. Es lohnt nicht, auf die Welt zu kommen. Noch mit dieser ermutigenden Überlegung beschäftigt, schlug Violaine die Augen auf. Und siehe da, es war morgens, und sie würde den ganzen Tag schwanger sein. Sie konnte das keine zwei Minuten beiseiteschieben. Erst mal hatte sie die Übelkeit beim Aufstehen und zwei Stunden Philosophie vor sich. Ein Gedanke durchfuhr sie: In der Hausapotheke gab es Schlafmittel. Ihre Mutter nahm das seit ihrem kleinen Problem. Violaine hatte auch ein kleines Problem – das man mit einer ordentlichen Dosis Schlafmittel lösen konnte.

Es gelang ihr, sich aufzurichten. Ihre Brüste waren schwer, sie spannten schmerzhaft. Als sie die Füße auf den Teppich setzte, begann sich alles zu drehen. Es war zu schrecklich, schwanger zu sein. Sie würde es nie werden, niemals. Abgesehen von jetzt. Sie schleppte sich zum Schrank und suchte nach einem unförmigen Sweatshirt, um ihren Busen zu verstecken. Wie würde sie die Wahrheit verbergen können? Und in die Schule gehen können, ohne zu essen? Die Fragen drängten sich ohne Antwort.

»Ich muss brechen, ich muss brechen«, presste sie zwischen den Zähnen hervor.

Sie hätte am liebsten den Kopf gegen die Wand geschlagen. Sie fand noch die Kraft, zur Toilette zu rennen, wo sie begann, über der Schüssel zu würgen.
»Du auch noch!«, rief Stéphanie hinter ihr. »Deine Schwester hat Bauchweh ...«
Diese Magen-Darm-Grippe war wirklich verheerend. Stéphanie legte ihrer Tochter die Hand auf die Stirn.
»Du hast Fieber«, beteuerte sie.
Im Grunde kam ihr das gelegen. Sie konnte Mirabelle ihrer älteren Schwester überlassen. Als Geschäftsfrau organisierte sie alles. Hier die Medikamente, dort Reis und Schinken.
»Ich sage in der Schule Bescheid, ihr Schätzchen, und ruf euch nachher an.«

In der Wohnung wurde es wieder still. Ab und zu hörte Violaine das *Tap-tap-tap* der bloßen Füße ihrer Schwester, die zur Toilette ging. Um fünf nach zehn meldete sich ihr Handy mit der Titelmelodie von *Biene Maja*.
»Adelaide?«
»Du bist also nicht gekommen?«
»Magen-Darm-Grippe. Glauben sie jedenfalls. Ist gerade Pause?«
»Ja. Philo war superlangweilig.«
Tränen stiegen Violaine in die Augen.
Wie gern wäre sie in Philosophie gewesen, hätte sich

gelangweilt, drei Sätze hingekritzelt, gegähnt und aus dem Fenster gestarrt! Was war die Schule für ein Paradies!

»Also, ich habe die Informationen«, fuhr Adelaide leise fort. »Das Familienplanungsdings ist immer von vierzehn bis siebzehn Uhr geöffnet, und man braucht keinen Termin. Wir können heut Nachmittag hingehen.«

»Ja, und was mache ich mit meiner Schwester?«
»Du erklärst es ihr.«
»Was erklär ich ihr?«
Adelaide konnte ein Seufzen nicht unterdrücken. Gute Güte, musste die es so kompliziert machen!
»Hör zu, ich komm um zwei vorbei. Ich muss jetzt los, es klingelt. Bis nachher?«
Keine Antwort.
»Nur Mut«, flüsterte Adelaide. »Ich bin da, halt durch.«
»Jaaaaa«, schluchzte Violaine.
Sie ließ den Kopf aufs Kissen fallen wie einen Stein. Dann dämmerte sie vor sich hin, ohne je das Gefühl von Übelkeit loszuwerden. An ihrem fünfzehnten Geburtstag hatte ihre Mutter ihr erzählt, dass sie während der ersten drei Monate ihrer Schwangerschaft *krank wie eine Kuh* gewesen sei. Violaine war von diesem Ausdruck umso stärker geschockt, als Stéphanie dabei angewidert das Gesicht verzogen hatte. Jetzt war

sie an der Reihe, krank wie eine Kuh zu sein. Plötzlich begann sie unwillkürlich an das Kind zu denken, das sie in sich trug. Woher kam ihre Gewissheit, dass es ein Junge war? Sie hielt sich die Hand auf den Bauch. Nein, natürlich bewegte es sich nicht. Am Vorabend waren Adelaide und sie im Internet gewesen, um herauszufinden, wie so was aussah. Sie hatten gerechnet. Wenn eine Frau merkt, dass ihre Regel ausbleibt, ist sie bereits seit zwei Wochen schwanger. Violaine hatte etwas Zeit verstreichen lassen, bevor sie den Schwangerschaftstest gemacht hatte, und inzwischen war noch einmal etwas Zeit vergangen.

»Sagen wir, es ist vier Wochen alt«, hatte Adelaide geschlossen.

Mit vier Wochen ist es ein Nichts. Ein paar Zellen. Ein Embryo denkt nicht, bewegt sich nicht, empfindet nichts. Es hat nichts von einem Menschen. Aber sehr schnell entsteht eine Form. Schon nach sechs oder sieben Wochen. Man könnte meinen, ein Haribo-Bär, dachte Violaine. Allein der Gedanke löste das Bedürfnis bei ihr aus, ihren alten Teddy zu drücken, sie empfand Kummer, einen Mangel, eine Leere. Sie drückte ihr Kopfkissen.

Vor kurzem hatte sie das Baby von Mirabelles Patentante gesehen. Ein sechs Monate alter kleiner Junge mit großen dunkelblauen Augen. Sie hatte ihn an sich gedrückt. Er war leicht, warm, zutraulich und duftete

gut nach Milch. Er hieß Guillaume. Aber ihrer würde Vianney heißen. Sie wusste nicht, wo sie den Namen herhatte. Als sie in Mirabelles Alter gewesen war, hatte sie sich Kinder aus dem Modekatalog ihrer Mutter ausgeschnitten und gespielt, das seien ihre, aber da hatte sie ganz andere Vornamen ausgesucht. Mädchen hießen Wassilissa, Nadège und Roselyne. Jungen hießen Mathias, Léonardo und Jean-genau-wie-Papa. Sie wollte sechs. Adelaide acht. Manchmal stritten sie sich, weil sie beide eine Wassilissa wollten.
»Violaine, magst du nicht essen?«
»Was?«
Mirabelle war hereingekommen, sie war noch ein bisschen blass in ihrem Schlafrock.
»Ich hab Hunger, es ist Mittag.«
»Kümmer dich selbst drum«, greinte ihre Schwester.
»Aber ich weiß nicht, wie man Reis kocht.«
Das Wort *Reis* genügte, um Violaine wütend zu machen.
»Kümmer dich selbst drum, ich bin krank!«
»Willst du nichts essen?«
»Nein, nein!«
Bei der geringsten Bewegung klopfte ihr Herz wie rasend.
»Mirabelle, in meinem Rucksack sind Lakritzbonbons. Eine gelbe Dose. In der Außentasche.«
Sie keuchte beim Reden.

»Hol sie, schnell.«

Mirabelle gehorchte widerspruchslos. Sie schüttelte die kleine Dose und ließ drei Bonbons in die Hand ihrer großen Schwester gleiten.

»Ist das alles, was du isst?«, fragte sie verwundert.

»Mmm.«

»Du hast ja kein Glück.«

»Wirklich nicht, ich hab wirklich kein Glück«, erklärte Violaine, noch kindlicher als ihre Schwester. »Ich bin schwanger.«

»Du?«

Mirabelle, die sich auf die Bettkante gesetzt hatte, machte einen kleinen Sprung zurück.

»Ja, ich. Aber erzähl das niemandem. Sonst bring ich mich um.«

»Aber man wird es bald sehen«, bemerkte Mirabelle pragmatisch.

»Nein, ich werd abtreiben.«

Auf der Stelle machte sie sich Vorwürfe, dass sie einem achtjährigen Mädchen gegenüber so was gesagt hatte. Am liebsten hätte sie ihre Worte zurückgenommen, aber Mirabelle murmelte:

»Was ist abtreiben?«

»Das ist, es … es loswerden«, stammelte Violaine. »Mit Medikamenten.«

»Das arme …«

»Was?«

»Nein, nichts.«

Sie selbst hatte bis zu fünf Babys auf *babyvally.com* gehabt. Aber ein böser Eindringling hatte ihren Zugang geknackt und ihr die Wiegen geklaut. Deswegen hatte sie die Babys einer Amme übergeben müssen und wusste nicht mehr, wie sie es anstellen sollte, um sie zurückzuholen.

Sie hatte niemandem von dem Drama erzählt, weil sie genau wusste, dass die Großen der Meinung waren, das sei völlig uninteressant.

»Trotzdem«, sagte sie nachdenklich, »wenn Mama mich nicht gewollt hätte, wäre ich sehr traurig gewesen.«

Violaine ließ sich den Satz durch den Kopf gehen und schob ihn dann weit von sich.

»Lass mich«, flüsterte sie. »Du kannst das in deinem Alter nicht verstehen.«

Mirabelle tapste auf ihren bloßen Füßen davon, *tap-tap-tap*.

Zehn Minuten später kam sie mit einem Tablett wieder, auf dem sie eine Scheibe Butterbrot, eine Scheibe Schinken, einen Babybel, einen Joghurt, Trauben und einen Riegel Haselnussschokolade hübsch angeordnet hatte. Violaine richtete sich mühsam auf und lächelte ihrer kleinen Schwester zu.

»Versuch's doch mal«, ermutigte Mirabelle sie.

Violaine nahm das Brot, biss hinein, kaute ein bisschen und schluckte. Was für ein merkwürdiger Geschmack! Der säuerliche Geschmack des Brots, das Fett der Butter, alles war zehnmal so stark. Entmutigt legte sie das Brot wieder zurück.
»Ein bisschen Schokolade?«, schlug Mirabelle vor.
Violaine seufzte und nahm eine Weintraube. Zwei, drei. Sie spuckte die Haut und die Kerne wieder aus.
»Schmeckt's?«, erkundigte sich Mirabelle, die gleichzeitig mit ihr den Mund öffnete.
Violaine hatte seit dem Vortag nichts trinken können, und der Traubensaft tat ihr gut. Danach schluckte sie drei Löffel Joghurt und ließ sich erschöpft aufs Kissen zurückfallen.
»Kannst du nichts mehr essen?«, fragte die Kleine traurig.
»Ich ruh mich ein bisschen aus. Lass mir das Tablett hier.«
Mirabelle stand auf und rannte zur Tür, *tap-tap-tap*, um ihrerseits in der Küche zu essen.
»Mirabelle!«, rief Violaine.
»Ja?«
»Du bist lieb.«
»Ich bin deine Schwester.«

Doktor Baudoin seinerseits verzichtete auf das Mittagessen, um Murielle zu empfangen, die Vertreterin

des Labors Ferrier. Das Gespräch drehte sich um die Behandlung von Hyperaktivität bei Kindern.
»Es stimmt, dass wir mit Methylphenidrid Probleme hatten«, räumte Murielle ein. »Deshalb haben wir gerade eine andere Spezialität entwickelt …«
»Es ist ganz richtig, dass Sie an der Sache dranbleiben«, unterbrach Jean sie. »Das ist ein expandierender Markt. Fragen Sie Lehrer und Erzieher. Im Kindergarten klettern die Kinder auf die Tische. In der Grundschule reden sie so viel, dass man nicht mehr weiß, wer eigentlich unterrichtet. Und in der weiterführenden Schule pennen sie. Hyperaktivität mit Aufmerksamkeitsdefizit – mit Ihrem Zeug decken Sie alle Störungen ab.«
Er deutete auf den rosafarbenen Sirup auf seinem Schreibtisch.
»Äh … ja«, bemerkte Murielle, ohne zu wissen, ob Doktor Baudoin das ernst meinte oder nicht. »Unsere neue Spezialität, das ADHS-Plus …«
»Ausgezeichnet!«, kicherte Jean. »ADHS-Plus! Ich hoffe, Sie machen uns eine schöne Werbebroschüre mit einem Slogan wie ›Damit Ihr Kind sein Bestes gibt‹. Das wäre nicht so deutlich wie ›Damit es endlich still ist‹, aber die Eltern werden es schon verstehen.«
Murielle war einen Moment sprachlos, aber sie war Ablehnung gewohnt und fuhr schließlich fort:

»Und mit ADHS-Plus haben wir jetzt nicht mehr die Nebenwirkungen von Methylphenidrid: Migräne, Schläfrigkeit ... Ein einziger Fall von Übelkeit wurde registriert, aber auch der wurde durch zu hohe Dosierung hervorgerufen.«

Jean hörte nur noch halb hin. Das Wort *Übelkeit* hatte ihn an seine beiden von der Darmgrippe befallenen Töchter erinnert. Es drängte ihn, zu Hause anzurufen, und er fertigte Murielle ohne Umschweife ab.

»Hallo, bist du es, Mirabelle?«

»Ach, guten Tag Papa«, sagte die Kleine am Telefon.

»Wie geht es dir?«

»Es geht, ich habe gegessen.«

»Gib mir deine Schwester.«

Mirabelle holte Luft, bevor sie log:

»Sie schläft. Willst du, dass ich sie wecke?«

»Nein, nein, sie soll sich ausruhen. Gut, also bis heute Abend, Mäuschen.«

Mäuschen legte auf. Sie war allein in der Wohnung. Jean legte ebenfalls auf und merkte, dass er ohne einen Kaffee nicht durchhalten würde. Er ging hinaus, um bei seiner Sprechstundenhilfe einen anzufordern, und begegnete Chasseloup, der sich ein Sandwich gekauft hatte und gerade kraftvoll hineinbiss.

»Keine Zeit, essen zu gehen«, bemerkte Vianney mit vollem Mund.

Doktor Baudoin warf ihm einen vollständig ausdruckslosen Blick zu. Insgeheim aber dachte er: Was für ein Mangel an Manieren! Wie unangenehm für meine Patienten.

»Sie könnten außerhalb der Praxis essen«, bemerkte er kühl.

»O ja, entschuldigen Sie«, stammelte Vianney.

Jean wandte ihm den Rücken zu. Manchmal hatte Chasseloup den Eindruck, Doktor Baudoin würde ihn nicht besonders schätzen.

Vianney flüchtete in sein Sprechzimmer und schlang dort sein Sandwich runter. Um sein Unbehagen zu vertreiben, dachte er an jenen Tag, gesegnet sei er, an dem er eine Podiumsdiskussion zum Thema *Allgemeinmedizin: Wege in die Zukunft* besucht hatte. Einer der Teilnehmer war Doktor Jean Baudoin gewesen. Vianney hatte ihn so witzig, so brillant gefunden, dass er danach zu ihm gegangen war und ihm gratuliert hatte. Sie waren etwas trinken gegangen, und das Unglaubliche war geschehen: Jean hatte ihm gesagt, er sei überlastet und würde einen jungen Kollegen für seine Praxis suchen. Vianney war zu Baudoins Praxiskollegen geworden und fürchtete seitdem, dieser Aufgabe nicht gewachsen zu sein. Übrigens hatte Doktor Baudoin recht gehabt mit seiner Bemerkung: Er hätte sein Sandwich auf der Straße essen sollen. Es war jetzt aber nicht der Moment zu jammern, jetzt war der Moment, tätig zu sein. Er ging und öffnete die Tür zum Wartezimmer.

»Madame Rambuteau?«

In ihren Persianermantel gehüllt, wartete die alte Dame.

»Na, was ist jetzt wieder mit Ihnen?«, fragte Vianney fröhlich und versuchte es zu erraten. »Nutzt mein Medikament gegen die Verstopfung nichts?«

»Ich habe Durchfall.«

»Oh! Haben Sie Fieber?«

»Ganz sicher«, sagte Madame Rambuteau, die sich kein verfügbares Symptom entgehen ließ.

Chasseloup nickte. Tatsächlich hatte die alte Dame glänzende Augen und leicht gerötete Wangen.

»Im Augenblick geht eine Darmgrippe um.«

Er schrieb ein Rezept und ermahnte seine alte Patientin nachdrücklich, sich wirklich zu bemühen, genug zu trinken. Er machte ihr begreiflich, dass Austrocknung sie geradewegs ins Krankenhaus bringen würde.

»Das hätte gerade noch gefehlt«, brummelte sie. »Wo mich doch meine Tochter am Sonntag besuchen kommt.«

Sie hatte die Neuigkeit ganz harmlos dahingesagt, schielte Vianney jedoch aus den Augenwinkeln an.

»Das ist ja super!«, rief er erfreut. »Werden Sie schnell gesund, Madame Rambuteau. Bis Sonntag haben Sie Zeit.«

Als sie gegangen war, stellte Vianney sich mit im Rücken verschränkten Händen vor den Eid des Hippokrates:
»Siehst du, Hippo, ich habe die Frau vielleicht nicht von einer großen Sache geheilt. Aber ich habe ihr geholfen, sich mit ihrer Tochter auszusöhnen. Das ist das Schwerste. Sich auszusöhnen.«
Dank Professor Drumont, dank Doktor Baudoin, dank zweier Ärzte hatte Vianney den Eindruck, sich ausgesöhnt zu haben. Mit dem Leben.

7
Weder ja noch nein

Adelaide hatte beschlossen, den Sportunterricht zu schwänzen. Da sie vor kurzem achtzehn geworden war, konnte sie sich selbst die Entschuldigung schreiben. Trotzdem war ihr auf dem Weg zu Violaine das Herz schwer. Falls Violaine bockte und sich weigerte, mit ins Zentrum für Familienplanung zu gehen, wusste Adelaide nicht mehr so recht, welches Argument sie noch vorbringen sollte. Sie war daher wirklich erleichtert, als sie Violaine fertig angezogen in der Tür antraf.
»Hast du gegessen?«
»Mmmm … Sieh mal.«
Violaine strich sich das Haar nach hinten und zeigte die blauen Ohrringe, die eher violett waren.
»Wirklich genau deine Augenfarbe!«
Violaine lächelte ein Lächeln, das in den Winkeln ein wenig zitterte. Sie drehte sich zu Mirabelle um:

»Ich gehe. Wenn Papa oder Mama anrufen, sagst du, ich schlafe.«

»Mach dir keine Sorgen«, antwortete die Kleine. »Viel Glück!«

Im Fahrstuhl stimmte Violaines Handy die Melodie von *Biene Maja* an.

»Ich bin den Klingelton echt leid«, brummte sie.

Sie sah, wie der Name des Teilnehmers angezeigt wurde. Domi. Ach was, lebte der noch?

»Deine Eltern?«, flüsterte Adelaide.

»Nein, er.«

Sie schaltete das Handy aus und drückte es so fest in der Hand, als wolle sie es zermalmen.

»Wer?«

»Ach, dieser Idiot!«

Sie würde ihn aus ihrem Adressverzeichnis löschen, sie würde ihn aus ihrer Erinnerung löschen. Eine quälende Erinnerung. Er hatte ihr gesagt, sie solle raufkommen, eine CD holen, die er für sie gebrannt hatte. »Dann kannst du meinen kleinen Bruder sehen.« Aber der kleine Bruder war nicht da. Niemand war in der großen Wohnung. Sie hatte begriffen, dass er versuchte, sie reinzulegen. Trotzdem war sie ihm in sein Zimmer gefolgt, um nicht zu wirken, als hätte sie Angst vor ihm. Der Stuhl war voll mit Klamotten, also hatte sie sich aufs Bett gesetzt. Das kleine Handy hatte *Biene Maja* geklingelt, und Violaine hatte äu-

ßerst entspannt mit Adelaide gesprochen. Währenddessen hatte Dom seine Annäherungsversuche begonnen und Violaine hatte das Gespräch beendet, um ihn zurückzuweisen. Aber er hatte nicht lockergelassen und gesagt: »Sag mal, bist du verklemmt?« Deshalb hatte sie nachgegeben, weil sie von Adelaide wusste, dass es über sie hieß, sie sei verklemmt. Also wirklich, *sie* war der Idiot! Aber nie, nie wieder …
»Und dann hat er mit seinem abgedrehten Zeug über Kierkegaard weitergemacht, und niemand hat irgendwas kapiert.«
Violaine merkte, dass Adelaide ihr seit zehn Minuten vom Vormittagsunterricht berichtete und sie überhaupt nicht zugehört hatte.
Sie durchquerten das Krankenhausportal und liefen einen Moment aufs Geratewohl durch das Durcheinander von Krankenwagen und Besucherautos. Dann kamen sie zu einer großen Informationstafel.
»›Mutter und Kind‹«, las Adelaide, »Gebäude D. Das ist geradeaus.«
Sie durchquerten ein zweites Tor, gingen durch einen zweiten Hof, fanden Gebäude D und betraten den Gang mit dem Pfeil *Notaufnahme Pädiatrie*, wobei das Wort *Notaufnahme* ihnen ganz angemessen schien. Sie liefen eine Treppe hinauf, ohne recht zu wissen, wo sie hingingen. Im ersten Stock sahen sie zwei alte Männer in Rollstühlen.

»Das ist die Abteilung für Geriatrie«, flüsterte Violaine ihrer Freundin ins Ohr.
Sie waren zu weit gegangen. Sie gingen wieder hinunter, dann den Gang zurück und gerade, als sie Gebäude D verlassen wollten, stieß Violaine einen Schrei aus:
»Da!«
Auf einer abblätternden Tafel sahen sie den kaum noch lesbaren Hinweis: *Zentrum für Familienplanung und -begleitung.* Hinter der Tür standen ein paar Stühle in einer Reihe an der Wand. Der kleine Raum schien vollständig von einer rundlichen Frau ausgefüllt, die gestikulierte und radebrechte:
»Iss ihre Erstes, o armes Kind, aber ist so klein, was wolle mache? Nicht möglich behalte. Ist noch nix sechzehn. Kinder gut, immer sage: Ist Geschenk von liebe Gott …«
Eine Krankenschwester von den Antillen in weißem Kittel und Scholl-Gesundheitsschuhen versuchte vergeblich, die Wortflut einzudämmen.
»Iss ihre Erstes, genau, isse Elend. Aber ist noch klein, noch nicht genug groß, wird sie zerreißen, sage, wird sie zerreißen, ich sage.«
Ein Mädchen saß stumm, blass und verängstigt da und wartete, bis ihre Mutter ihren Fall der gesamten Welt dargelegt hatte. Eine Tür mit Milchglasscheiben öffnete sich, und eine leicht genervte Frau rief:

»Könnten Sie ein bisschen weniger Lärm machen, Madame? Treten Sie ein, Mademoiselle.«
Das Mädchen sah seine Mutter fragend an.
»Geh mit, wenn sie sagt. Wird dich nicht fressen.«
Die Frau entdeckte Violaine und Adelaide und lächelte ihnen zu:
»Wünschen Sie eine Auskunft?«
»Wir wollen zu einem Arzt«, antwortete Adelaide.
»Das geht nur Mittwoch und Samstag. Aber ich kann nach der jungen Frau mit Ihnen sprechen. Setzen Sie sich.«
Die Tür schloss sich, und die Mama ging im Flur auf und ab. Violaine ließ den Blick über die Wände schweifen. Dort hingen Poster mit lachenden Frauen und verliebten Paaren, versehen mit klugen Sätzen wie:
Das Kondom schützt vor allem – nur nicht vor der Liebe.
Niedergeschlagen setzte sich Adelaide. Dieser Ort war so was von trübselig. Violaine blieb verschämt und wie auf dem Sprung stehen. Sie wollte nicht hier sein, sie wollte das nicht.
»Setz dich doch«, flüsterte Adelaide.
Violaine gehorchte und flüsterte ebenfalls:
»Wer ist das?«
Sie deutete auf die geschlossene Tür. Wer war diese Frau, wenn sie nicht Ärztin war? Adelaide verzog unwissend das Gesicht.

Nach zehn Minuten kam die Mama wieder und begann zu seufzen und immer wieder »oje, oje, oje« zu sagen, um die Aufmerksamkeit der beiden Freundinnen auf sich zu ziehen. Aber da sie nicht das geringste Bedürfnis hatten, das Unglück anderer erzählt zu bekommen, beobachteten Violaine und Adelaide aufmerksam ihre Schuhspitzen. Schließlich ging die Tür auf, und das junge Mädchen kam mit einem geheimnisvollen Lächeln heraus. Die Frau ging zu ihrer Mama und erklärte ihr sehr resolut:
»Wir sehen uns Freitag wieder. Sie braucht ein bisschen Zeit.«
»Zeit, wofür die Zeit, warum?«
Aber die Kleine entfernte sich bereits im Flur.
»Wart doch, Helena, wart!«, jammerte die Mama und heftete sich an ihre Fersen.
Die Frau wandte sich Violaine und Adelaide zu:
»Guten Tag, ich heiße Annie. Ich bin die Eheberaterin.«
Violaine riss die Augen auf. Eine Eheberaterin? Das war doch was für Alte, die sich Szenen machen! Die beiden Freundinnen betraten das kleine Sprechzimmer und waren schon überzeugt, dass sie sich in der Tür geirrt hatten.
»Also, was kann ich für Sie tun?«, fragte Annie.
Die beiden Mädchen blieben stumm.
»Wünschen Sie Auskünfte über Verhütung?«

Sie räusperte sich, dann fragte sie:
»Vielleicht hat eine von Ihnen ein kleines Problem?«
Adelaide zeigte auf ihre Freundin:
»Sie ist schwanger.«
Diese einfachen Worte führten dazu, dass Violaine zwei Tränen die Wangen hinunterliefen.
»So etwas kommt vor«, sagte Annie behutsam. »Wie alt sind Sie?«
»Siebzehn.«
»Haben Sie mit Ihren Eltern darüber sprechen können?«
»Nein.«
»Und Sie möchten ihnen nichts davon erzählen?«
»Nein.«
»Weder Ihrem Vater noch Ihrer Mutter?«
Violaine schüttelte heftig den Kopf.
»Und Ihr Freund?«
»Er ist nicht wirklich ihr Freund«, mischte Adelaide sich ein. »Sie liebt ihn ni...«
»Ich will ihn nicht mehr sehen«, unterbrach Violaine sie. »Außerdem hat er gesagt, er passt auf! Von wegen!«
»Waren Sie schon bei einem Arzt?«, erkundigte sich Annie.
»Wir haben es versucht«, erklärte erneut Adelaide. »Aber die Ärztin hat ihr eine Strafpredigt gehalten und so.«

Daraufhin begann Annie sanft und ruhig zu sprechen, mit einer Stimme, die einem Balsam glich, den man auf eine Wunde träufelt. Sie sagte Violaine, dass sie nicht allein mit ihrem Fall sei. Sie nannte sogar die beeindruckende Zahl von 200 000 Schwangerschaftsabbrüchen pro Jahr:
»Weil man einen Tag vergessen hat, die Pille zu nehmen, weil man auch trotz Spirale schwanger werden kann, weil das Kondom geplatzt ist, weil der Freund einen sitzenlässt, wenn man schwanger wird, weil man dachte, einmal, ein einziges Mal ...«
»Sie liebt ihn nicht«, wiederholte Adelaide starrköpfig. Annie nickte und fragte Violaine nach ihrem Vornamen.
»Sie müssen eine Blutuntersuchung machen lassen, Violaine. Sie hatten ungeschützten Verkehr, bei dem Sie sich mit Aids angesteckt haben könnten.«
»Ich werd doch wohl nicht alles abkriegen!«
»Sie sollten aber sichergehen«, antwortete Annie.
Sie schwieg. Sie wusste, dass es Zeit brauchte, Zeit, um zu akzeptieren, Zeit, um zu entscheiden. Und dass all das sehr weh tut. Zwei weitere Tränen rannen Violaine die Wange hinunter.
»Und ... ähh ... wegen der Schwangerschaft?«, fragte Adelaide, die fand, sie würden vom Thema abkommen.
Annie wandte sich nur an Violaine:

»Sind Sie sicher, dass Sie mit Ihrer Mutter nicht darüber sprechen können?«

»Die kümmert sich doch eh nicht um mich! Immer nur um ihre Laborgeschichten. Und bei meinem Vater brauch ich's gar nicht zu versuchen! Der behandelt mich, als wär ich zurückgeblieben.«

Violaine hörte sich reden und war selbst am meisten über ihre Worte erstaunt. Bislang hatte sie ihre Eltern nie kritisiert.

»Und was möchten Sie angesichts dieser Schwangerschaft tun?«

Violaine warf der Eheberaterin einen vorwurfsvollen Blick zu. Warum fragte sie das? Wenn sie hier war, dann doch wohl wegen einem Abbruch, oder?

»Na, ich will's nicht«, sagte sie missmutig.

»Haben Sie Mittwochnachmittag Zeit, Violaine?«

»Ja.«

»Dann mache ich einen Termin mit Ihnen bei Doktor Dubois. Carole Dubois. Sie macht dann eine Ultraschalluntersuchung, um zu prüfen, wie lange Sie bereits schwanger sind, und vereinbart mit Ihnen einen Termin für den Abbruch.«

Den letzten Satz sagte Annie sehr deutlich. Sie wusste, dass Violaine ihn hören musste, um ihre Gedankenfreiheit wiederzufinden. Ein leises Lächeln belebte ihr von Schmerzen erstarrtes Gesicht. Sie vereinbarten einen Termin für Mittwoch fünfzehn Uhr.

»Haben Sie Fragen?«
An diesem Punkt des Gesprächs wollten die jungen Mädchen im Allgemeinen wissen, ob ein Schwangerschaftsabbruch sehr weh tut.
»Ist das schlimm?«, fragte Violaine.
Annie glaubte, falsch verstanden zu haben:
»Willst du wissen, ob das ein großer Eingriff ist?«
Violaine schüttelte den Kopf, hatte aber nicht den Mut, ihre Frage noch einmal zu stellen.
Adelaide spielte die Dolmetscherin:
»Sie denkt, Abtreiben ist was Schlimmes.«
Annie versuchte nicht um jeden Preis, Violaine ihre Schuldgefühle zu nehmen. Sie ließ sie weinen. Dann:
»Bedeutet dir diese Schwangerschaft etwas?«
Das Duzen war ihr ganz unwillkürlich passiert. Violaine sah sie verzweifelt an, als bettele sie um ein Wort, das sie erlösen würde.
»Alle kleinen Mädchen denken, dass sie eines Tages Mama sein werden«, fuhr Annie fort. »Sie spielen mit Puppen, suchen sich Namen für ihre Kinder aus …«
Violaine nickte. Mit beiden Händen bildete sie einen Schild vor ihrem Bauch.
»Es ist mein Baby.«
Adelaide starrte sie verdutzt an.
»Du hast Zeit, Violaine«, beruhigte Annie sie. »Niemand wird dir diese Schwangerschaft wegnehmen. Du musst eine Einverständniserklärung für den Schwan-

gerschaftsabbruch unterschreiben. Es ist deine Entscheidung.«
»Aber ... sie kann ja nicht mal mehr essen!«, protestierte Adelaide lauthals.
Angesichts dieser kindischen Bemerkung verdrehte Violaine die Augen und berichtigte im Ton einer Dame, die zur ärztlichen Beratung gekommen ist:
»Mir ist ständig übel. Das ist sehr unangenehm.«
Annie gab ihr daraufhin die Ratschläge, die alle schwangeren Frauen von ihrer Gynäkologin bekommen: Sprudel trinken, alle drei Stunden eine kleine Mahlzeit zu sich nehmen, Speisen mit starkem Geschmack oder Geruch meiden ... Violaine hörte bedächtig zu, dann vereinbarte sie einen Termin für den nächsten Tag. Sie würde allein kommen.

Adelaide wartete, bis sie außer Reichweite des Krankenhauses waren, um zu fragen:
»Aber, aber ... behältst du es also?«
»Ich weiß nicht.«
Sie liefen vor sich hin, folgten ihrem Weg und ihren Träumen.
»Erinnerst du dich, dass ich acht Kinder wollte?«, fragte Adelaide plötzlich.
Sie lachten beide, gerührt von der verlorenen Kindheit.
»Ich bin sicher, dass es ein Junge ist«, sagte Violaine.

Sie streckte einen Finger nach dem anderen und zählte: »Oktober, November, Dezember, Januar, Februar, März, April, Mai.«

»Mai«, wiederholte Adelaide. »Und das Abi?«

»Das mach ich im Jahr drauf«, erwiderte Violaine wie jemand, der seine Entscheidung nach reiflicher Überlegung getroffen hat. »Ich wollte sowieso auf den sprachlichen Zweig wechseln.«

»Und du gibst ihn in die Krippe?«

»Nicht sofort, erst will ich ihn stillen.«

»Ah, ja, ich auch«, erklärte Adelaide zustimmend. »Ich werd auch stillen. Aber ich will eine Tochter.«

»Wie willst du sie nennen?«

»Raphaelle. Ich liebe den Namen. Und du?«

»Ich nenn' ihn ...«

Violaine musste mitten im Satz innehalten. Die Übelkeit nahm ihr den Atem. Sie bekam einen Schweißausbruch, ihr wurde kalt, und sie erbrach sich in den Rinnstein.

»Ich will nicht mehr, ich will nicht mehr«, jammerte sie.

Sie fuhr sich mit der Hand an den Bauch und machte eine Bewegung, als würde sie sich etwas herausreißen.

Im Zentrum für Familienplanung war Annie in ihrer Sprechstunde noch einer jungen Frau behilflich, der ihr Apotheker eine Pille danach verweigert hatte, und hatte als Letztes noch ein Gespräch mit einer jungen Mutter, die keinerlei Verhütung mehr vertrug und von einem dritten Kind träumte (was ihr Mann aber unter keinen Umständen wollte). Annie mochte ihre Stelle im hintersten Winkel des Krankenhauses, für die sie sich entschieden hatte. Sie hatte den Eindruck, der Balken der Waage zu sein, auf der Frauen aller Schichten und Altersgruppen das Für und das Wider ihrer Entscheidungen wogen.

Sie verließ Gebäude D und durchquerte den Hof. Der Gedanke an Violaine begleitete sie. Sicher weil sie sehr hübsch war. Annie ging ohne Eile, wie immer. Es gab niemandem, zu dem sie nach der Arbeit zurückkehrte. Ihr Mann hatte sie verlassen, ihr Sohn hatte geheiratet. Auf der Straße sah sie eine schlaksige Gestalt, und ohne zu zögern, rief sie lauthals: »Vianney!«

Der junge Mann drehte sich erstaunt um:

»Annie?«

Freundschaftlich küssten sie sich auf die Wange. Doktor Chasseloup war der einzige Arzt des Krankenhauses, den alle, einschließlich der Frau, die zwischen zwei Eingriffen den Raum putzte, beim Vornamen nannten und auf beide Wangen küssten.

»Gehst du schon nach Hause?«

»Nein«, antwortete Vianney. »Ich mache noch einen Besuch bei einer alten Dame, die nicht mehr in die Praxis kommen kann.«

»Du hast viele alte Patienten«, bemerkte Annie.

»Ich habe nichts anderes!«

»Frankreich wird alt«, kommentierte Annie. »Ich habe heute zwei junge Mädchen gesehen. Wegen eines Abbruchs.«

»Minderjährige?«

»Ja, eine Sechzehnjährige mit ihrer spanischen Mama. Sie kommt Samstag zu dir, wegen des Ultraschalls. Die Mama ist sehr lieb, aber überfürsorglich. Sie übt ziemlichen Druck auf die Tochter aus.«

»Und die andere?«

»Siebzehn. Begleitet von der besten Freundin. Anfangs dachte ich, sie wäre sehr unreif. Und dann ...«

Annie runzelte die Stirn, suchte nach den Worten, die ihr gerecht würden.

»Sie hat so eine Geste gemacht, wie um ihren Bauch zu schützen, und hat dazu ›mein Baby‹ gesagt. Das war sehr ergreifend.«

»Wird sie es behalten?«

»Nein, ich glaube nicht«, antwortete Annie mit ihrer ruhigen Stimme.

»Kommt sie auch am Samstag zu mir?«

»Nein, sie kommt Mittwoch zu Carole.«

Und plötzlich bedauerte sie es. Sie hätte ihr einen Termin bei Doktor Chasseloup geben sollen. Auf der Station war bekannt, dass Vianney sich gut mit Jugendlichen verstand.

8
Mammoyetigrippolama

Doktor Baudoin hielt die Fernbedienung in der Hand, seine Augen waren starr und weit geöffnet, und er wirkte wie hypnotisiert. Es war bereits spät in der Nacht, und dort in Tibet war gerade der große Lama in Gestalt eines Babys neu geboren worden, das böse Chinesen ermorden wollten. Zum großen Glück war eine amerikanische Journalistin – verkleidet als tibetischer Mönch – von ihrer Zeitung geschickt worden, um eine Reportage über den scheußlichen, ansonsten aber sehr sympathischen Yeti zu machen, und sie würde das Lama-Baby am Ende sicherlich retten. Jean hoffte insgeheim, dass sie die Gelegenheit nutzen, den Yeti heiraten und sich auch eine neue Frisur zulegen würde.

»Kommst du nicht schlafen?«, fragte eine besorgte Stimme in seinem Rücken.

»Das ist der Yeti«, stammelte Jean und zeigte seiner

Frau den Bildschirm, als ob er sie miteinander bekannt machen wollte.

Er fuhr sich mit der Hand über die Augen, dann massierte er sich die Schläfen. Etwas sagte ihm, dass ihm ein Aufenthalt in einem Lamakloster von höchstem Nutzen wäre.

Am nächsten Morgen war er noch immer verstört.

»Bin ich hier im Haus der Einzige, der arbeitet?«, knurrte er, als er nur seine Frau im Schlafrock in der Küche sah.

»Violaine und Mirabelle hängen noch in den Seilen«, erwiderte Stéphanie. »Und Paul-Louis hat um zehn Schule.«

»Frankreich lebe hoch! Ist kein Kaffee mehr da?«

»Ich mach dir noch einen, wenn du magst.«

»Nein, ich habe keine Zeit.«

Der Schlafmangel machte ihn überempfindlich. Er ging und schlug die Tür zu. Was hat er nur im Moment?, fragte sich Stéphanie.

Als er Josie Molette hinter ihrem Tresen sah, hatte Jean unvermittelt das Bedürfnis, sich in einen Yeti zu verwandeln. Er konnte sie nicht mehr ertragen. Trotzdem fragte er sie wie gewohnt:

»Wie geht's den Patienten?«

»Um acht Uhr dreißig Madame Bergeron.«

»Kenn ich nicht.«

»Um acht Uhr fünfundvierzig Madame Bonnard …«

Jean warf über die Schulter seiner Sprechstundenhilfe einen Blick auf den Terminkalender:

»Ach, kommt Monsieur Lespelette am Dienstag schon wieder?«

»Ja, aber er geht zu Doktor Chasseloup.«

»Wieso das denn?« Doktor Baudoin fuhr hoch. »Lespelette ist einer von meinen Patienten.«

»Er hat mich gerade um einen Termin bei Doktor Chasseloup gebeten«, erwiderte Josie barsch.

Jean runzelte die Stirn. Vianney mit seinem traurigen Lächeln ging ihm immer mehr auf die Nerven. Im Grunde war er vielleicht ein böser Chinese, der sich als tibetischer Mönch verkleidet hatte.

»Ist er da?«, fragte er und deutete in den Flur.

»Noch nicht. Er müsste gleich kommen.«

Jean wandte sich seinem Sprechzimmer zu, aber einer plötzlichen Eingebung folgend, ging er zum Sprechzimmer von Vianney am Ende des Flurs. Er stieß die Tür auf, machte zwei Schritte und sah sich um. Erbärmlich, schäbig. Dieser Schreibtisch vom Flohmarkt und so ein Vorkriegscomputer! Das war seiner Praxis unwürdig. Er stellte sich vor das einzige Schmuckelement des Raumes, den Eid des Hippokrates, verschränkte die Arme im Rücken, wippte auf den Fußspitzen und überflog ihn: *Den Bedürftigen werde ich kostenlos behandeln.* Er schnaubte. Aber das Blut erstarrte ihm in den Adern, als ihm die letzten Worte

ins Gesicht sprangen: *Mögen die Menschen mir ihre Achtung entgegenbringen, wenn ich meinen Versprechen treu bin. Schande und Verachtung sollen über mich kommen, wenn ich sie nicht einhalte.*
Er hörte Schritte und drehte sich um. Es war Chasseloup. Der junge Mann blieb einen Moment mit offenem Mund stehen, dann fing er sich:
»Oh, guten Tag ...«
Er wusste nicht, ob er *Jean* oder *Doktor Baudoin* oder *Monsieur* oder nur *Baudoin* sagen sollte. Er ließ den Satz daher in der Schwebe.
»Ja, guten Tag«, antwortete Jean. »Ich wollte Ihnen meine ... Überraschung mitteilen.«
»Ihre Überraschung?«, wiederholte Vianney, der auf der Hut war.
»Mir scheint, das mindeste an Anstand Ihrerseits würde darin bestehen, mir nicht die Patienten wegzunehmen.«
Vianney zeigte keine Reaktion.
»Da Sie so tun, als würden Sie mich nicht verstehen«, fuhr Doktor Baudoin fort, »werde ich die Dinge klar und deutlich benennen müssen. Ich habe Sie gebeten, mich am Samstag zu vertreten, ich dachte nicht, dass Sie das ausnutzen, mit Monsieur Lespelette, einem Patienten, den ich schon länger als ein halbes Jahr behandele, einen weiteren Termin auszumachen.«
Vianney schien erleichtert.

»Oh, aber das ist ein Missverständnis. Ich habe Monsieur Lespelette nur geraten, einen Psychiater aufzusuchen, den ich seit langem kenne und in den ich größtes Vertrauen habe ...«
»Sind Sie der Ansicht, ich sei inkompetent?«
»Nein, überhaupt nicht«, stammelte Vianney. »Ich dachte nur, ein Spezialist ...«
»Vergrößern Sie ruhig weiter das Defizit der Krankenversicherung, indem Sie die Patienten ständig herbestellen, wenn Ihnen das Spaß macht«, unterbrach ihn Jean. »Aber nutzen Sie nicht meine Patienten aus.«
Er ließ Vianney niedergeschmettert zurück und eilte mit großen Schritten in sein Sprechzimmer. Sturm war in ihm aufgekommen. Er stieß gegen das Bein seines Schreibtischs und sank in den Sessel. Er verzog das Gesicht und fuhr sich mit der Hand ans Herz. Nichts Schlimmes, nur ein Anfall von Nervosität. Er sah auf die Uhr. Acht Uhr vierzig. Zehn Minuten Verspätung. Er musste sich unbedingt beruhigen, bevor er mit seiner Sprechstunde anfing. Das Wimmern eines Säuglings im Wartezimmer ließ ihn zusammenzucken.
»Madame Bergeron?«
Ein Paar erwartete ihn im Stehen. Sie um die vierzig mit permanent panischem Gesichtsausdruck. Er klein, kahlköpfig und schmächtig. Perfekte Patienten für Chasseloup – und er bekam sie aufgebrummt!

»Treten Sie ein, treten Sie ein!«, rief er und bemühte sich, fröhlich zu wirken. »Ihr Kleiner ist ja in bester Form ... wie heißt er?«
»Samuel«, riefen die glücklichen Eltern, um die Stimme des Kindes zu übertönen.
»Er hat eine hübsche Karriere als Tenor vor sich. Nun, könnten Sie ...«
Jean dachte: ... ihn jetzt zum Schweigen bringen.
»... mir sagen, was der kleine Mann für ein Problem hat?«
»Er schreit die ganze Zeit«, sagte der Vater.
»Es ist die Hölle«, bestätigte die Mutter. »Er ist nicht krank, er isst ausreichend. Bei der Ambulanz haben sie nichts Ungewöhnliches gefunden. Aber er schreit die ganze Zeit.«
»Die ganze Zeit«, wiederholte Monsieur Bergeron wie ein Echo.
»Ja, also«, sagte Jean geistesabwesend, »er schreit die ganze Zeit.«
»Genau«, bekräftigten die Eltern.
»Sehr gut. Machen Sie sich bitte frei.«
Da die Eheleute Bergeron sich höchst überrascht ansahen, korrigierte Jean sich rasch:
»Machen Sie ihn frei! Ihn ... Legen Sie ihn auf den Untersuchungstisch.«
Während die Eltern gehorchten, suchte Jean in seiner Schublade nach Aspirin. Monsieur und Madame Ber-

geron, die ihm den Rücken zuwandten, stritten sich leise.
»Pass auf, du ziehst ihn am Arm.«
»Jetzt hilf mir doch, er fällt runter.«
Doktor Baudoin hatte seine Tablette geschluckt und ging mit völlig unbeteiligtem Gesicht zu ihnen.
»Haben Sie noch weitere Kinder?«, erkundigte er sich, als er sah, wie sie sich im Strampelanzug verhedderten.
»Nein, nur ihn.«
»Umso besser!«, rief er spontan erfreut.
Dann korrigierte er sich:
»So können Sie sich ganz ihm widmen.«
Er tastete den Bauch des Kindes ab, ließ es strampeln, überprüfte, dass es kein Fieber hatte, schob die Vorhaut zurück, testete die Reflexe und schloss:
»Dem kleinen Samuel geht es sehr gut. Er ist halt ein Schreikind, das ist alles.«
»Er hat nichts?«, fragte der Vater ein wenig enttäuscht.
»Nicht das Geringste. Er weint, um sich Luft zu machen. Er erträgt keine Reize, das Ticken einer Uhr macht ihn rasend, das Telefonklingeln lässt ihn an die Decke gehen. Er hat Angst, dass man ihn fallen lässt, wenn man ihn in die Arme nimmt, er fühlt sich verlassen, wenn man ihn nicht hochnimmt. Und bald bekommt er Zähne, und das wird die Sache nicht leichter machen, nicht wahr, Samuel?«

Das Kind war hochrot vor Zorn.

»Er mag es nicht, wenn er nackt ist«, kommentierte Jean, die Hände in den Taschen.

Sobald seine Mutter versuchte, ihm sein Hemdchen überzuziehen, steigerte sich das Gebrüll, und Jean bemerkte ebenso phlegmatisch:

»Er mag es auch nicht, wenn man ihn anzieht.«

Als die Eltern wieder vor ihm saßen, fragte Doktor Baudoin, ob sie von ADHS gehört hätten. Ohne ihre Antwort abzuwarten, fuhr er fort:

»Das ist eine durch Hyperaktivität bedingte Störung. Und die Antwort darauf ist …«

Er beugte sich vor, um die untere Schublade zu öffnen, und zog ein Fläschchen hervor:

»ADHS-Plus! Ein Dopamin- und Noradrenalin-Rücknahmehemmstoff, der die Konzentration der Neurotransmitter auf Ebene der neuronalen Synapsen steigert.«

Er starrte lang den Vater an, der schließlich stammelte:

»Und … das ist gut?«

»Es ist genau das richtige Mittel für Schreikinder. Damit schläft Ihr Samuel durch, er lässt sich anziehen, ausziehen, er wird gerade mal ein bisschen aufschrecken, wenn Sie Signalhorn spielen, wovon ich Ihnen allerdings trotz allem abraten würde wegen der Nachbarn.«

»Ist das ein Beruhigungsmittel?«, fragte Monsieur Bergeron vorsichtig.

»Nein, Beruhigungsmittel sind für die Eltern. Samuel leidet an einer Dysfunktion des Dopaminsystems und des noradrenergen Systems. Er braucht also ADHS-Plus, und zwar eine kleine Dosis morgens und abends.«

»Geben Sie uns ein Rezept?«, flehte die Mutter.

»Ich schenke Ihnen sogar das Muster hier.«

Die Eltern mussten sich zurückhalten, um die Packung nicht sofort zu öffnen. Doktor Baudoin führte sie persönlich zur Tür, während er sich heimlich wünschte, sie nie wieder zu sehen. Aber Madame Bergeron raubte ihm diese letzte Hoffnung:

»Das Praktische ist ja, dass wir direkt über Ihnen wohnen«, bemerkte sie mit blassem Lächeln.

»Direkt über Ihnen«, wiederholte ihr Mann.

Auf dem Rückweg zu seinem Sprechzimmer machte Jean einen Abstecher zu Josie und sagte ihr halblaut:

»Die Bergerons – im Doppelpack oder als Einzelstück – heben Sie bitte für Chasseloup auf.«

»Wenn das so weitergeht, haben Sie bald keine Patienten mehr«, bemerkte Josie, die das Verhalten ihres Chefs langsam beunruhigte.

Er tat, als hätte er es nicht gehört, und ging zur Tür des Wartezimmers:

»Madame Bonnard?«

Eine dunkelbraune, langgliedrige und anmutige Frau ging an ihm vorbei und neigte den Kopf zum Gruß. Gewöhnlich tauschten sie gern ein paar doppeldeutige Flachsereien aus. Sie gefielen sich, trieben es aber nicht zu weit. Seitdem er ihr hatte mitteilen müssen, dass sie Brustkrebs hatte, bewahrten beide einen etwas erschütterten Ernst.

Jean setzte sich, legte die Hände auf dem Schreibtisch zusammen und fragte leise:

»Ein Problem?«

»Ich war neulich nicht sicher … Ich bin schwanger.«

Er zuckte zusammen.

»Haben Sie einen Test gemacht?«

»Ja.«

Er hatte den Eindruck, eine Szene zu erleben, die sich vor kurzem schon einmal in diesem Raum abgespielt hatte.

»Wollen Sie diese Schwangerschaft?«

»Es war eher ein kleiner Unfall. Trotzdem hätten mein Mann und ich das Kind akzeptiert. Aber angesichts der Umstände …«

Sie verstummte, als ihr Tränen in die bereits geröteten Augen stiegen. Jean nickte betrübt.

»Wollen Sie einen Schwangerschaftsabbruch?«

»Habe ich eine andere Wahl?«

»Sie könnten Ihre Therapie um … acht Monate verschieben.«

Er übernahm es, hinzuzufügen:
»Aber ich rate es Ihnen nicht, Madame Bonnard.«
Die junge Frau atmete erleichtert auf. Sie wünschte sich, dass ihr Arzt an ihrer Stelle entschied. Jean begriff das sehr gut und sprach vom Zentrum für Familienplanung.
»Ich kenne die Ärzte nicht persönlich«, stellte er klar. »Aber das Zentrum hat einen ausgezeichneten Ruf. Die Schwangerschaftsberatungen finden mittwochs und samstags statt.«
»Ich werde Mittwoch hingehen.«
Jean nickte, nahm einen Bogen Briefpapier und schrieb:
Sehr geehrter Kollege, ich überweise Ihnen Madame Bonnard, für deren schwierige Situation ich Sie um Ihre Aufmerksamkeit bitte …

Die danach folgenden Patientengespräche absolvierte er wie in einem Parallelzustand. Der Gedanke an Madame Bonnard ließ ihn nicht los, dazwischen mischten sich Gedanken an seine Frau und Violaine. Er wusste nicht, warum. Um neunzehn Uhr verließ Josie Molette die Praxis. Um neunzehn Uhr dreißig tat Chasseloup das Gleiche. Um zwanzig Uhr schüttelte Jean seinem letzten Patienten die Hand. Ein dumpfes Angstgefühl begleitete ihn, während er die Rue du Château-des-Rentiers entlangging.

Er war so abgespannt, dass er dachte: Ich muss Violaine sagen, dass sie eine Mammographie wegen ihrer Darmgrippe machen soll. Das war völliger Unsinn.

Als er nach Hause kam, schien die Wohnung wie ausgestorben.

»Stéphanie?«

Sie war in der Küche und putzte Radieschen.

»Wo sind die Kinder?«

Überrascht von seinem beunruhigten Ton sah sie ihn an.

»Na, jeder in seinem Zimmer vor dem Computer, vermute ich.«

Er lächelte, küsste seine Frau und entspannte sich ein wenig. Was waren das für Sorgen?

»Ach, übrigens, stimmt nicht, Violaine sitzt wahrscheinlich nicht vor ihrem Computer«, korrigierte sich Stéphanie. »Als ich nach Hause gekommen bin, schlief sie.«

Jean spitzte die Ohren:

»Ach ja?«

»Diese Darmgrippe hat sie wirklich fertiggemacht. Wirklich dumm, jetzt in ihrem Abijahr.«

Doktor Baudoin antwortete nichts und biss in ein Radieschen. Bevor er die Küche verließ, drehte er sich um und fragte unvermittelt:

»Hast du einen Termin ausgemacht für eine Mammographie?«

»Aber ja. Wie jedes Jahr … Warum?«
»So was darf man nicht auf die leichte Schulter nehmen.«
Er war nervös wie ein Tier beim Nahen einer Naturkatastrophe. Ihm schien, alles, was bislang sein Leben ausgemacht hatte, alles, was für ihn gezählt hatte, würde zersplittern. Aber er wusste nicht, wo der Einschlag erfolgen, und auch nicht, wen es treffen würde.

9
Frauensache

Es klopfte an der Tür.
»Ja, bist du denn noch nicht aufgestanden, Violaine?«
Violaine hob den Kopf vom Kopfkissen und sah ihre Mutter im Türrahmen stehen.
»Bin so müde«, jammerte sie.
»Hör auf mit deinem übertriebenen Getue!«, erwiderte Stéphanie genervt. »Gestern hast du gesagt, es ginge dir besser. Hast du kein Fieber mehr? Dann …«
»Mir ist schwindlig.«
»Das ist völlig normal, das ist die Folge der Schonkost. Ein gutes Frühstück und …«
»Mama!«, rief Mirabelle.
Stéphanie verschwand einen Augenblick im Flur. Sie umarmte ihre Jüngste und hob deren Rucksack an, der so voll war, dass beinahe der Reißverschluss platzte.
»Was tust du da nur alles rein?«

»Meine Sachen. Geht's, Violaine?«, fragte Mirabelle besorgt.
»Aber ja, es geht«, antwortete Stéphanie barsch.
Paul-Louis erschien seinerseits mit einem Ordner unter dem Arm im Flur.
»Sind das deine Sachen?«, fragte seine Mutter erstaunt.
»Ja. Was hat Violaine?«
»Nichts«, sagten Mutter und Tochter im Chor.
Doktor Baudoin gesellte sich im Flur zu ihnen:
»Was ist mit Violaine?«
Stéphanie machte es kurz:
»Sie ist spät dran und ich ebenfalls. Kannst du Mirabelle heute an der Schule absetzen?«
Jeans Gesichtsausdruck zeigte überdeutlich, dass er ohnehin überlastet war, und Stéphanie dachte: Um nichts kann man ihn bitten! Es gelang ihr dennoch, alle nach draußen zu befördern, bevor sie im Laufschritt in Violaines Zimmer zurückkehrte.
»Los, steh auf! Das ist dein Abijahr, und du kannst dir nicht erlauben …«
Violaine richtete sich auf, sie hatte bläuliche Ringe unter den Augen und fast weiße Lippen. Stéphanie war von dem Anblick so überrascht, dass sie ihren Satz nicht zu Ende brachte.
»Mama …«
Sie war kurz vor einem Geständnis.

»Mein Liebling, sag mir … Was ist los? Wo tut's dir weh?«
»Mama …«
Stéphanie setzte sich aufs Bett und nahm ihre Hand.
»Ich bin schwanger.«
Stéphanie hatte gerade solche Angst gehabt, dass sie erleichtert aufseufzte.
Sie hatte gedacht, ihre Tochter liege im Sterben.
»Schwanger«, wiederholte sie.
Das war ärgerlich.
»Schwanger!« Plötzlich begriff sie.
Das war ja eine Katastrophe!
»Mama, schwör mir, dass du es für dich behältst«, flehte Violaine. »Ich will, dass du mit niemandem darüber redest.«
Mit niemandem war Papa. Stéphanie begriff das sehr gut und nickte. Es war Frauensache. Trotzdem war irgendwann ein Mann daran beteiligt gewesen.
»Schwanger von wem?«
»Dominique.«
»Aber wie konntest du … heutzutage«, stammelte Stéphanie. »Dabei gibt es doch Möglichkeiten. Pille, Spirale, Kondom …«
»Das ist nicht der richtige Zeitpunkt, mir eine Vorlesung über Verhütung zu halten!«, rief Violaine. »Ich hatte nicht die Absicht zu … zu … zu … Und dann kam es halt. So.«

»Liebst du ihn?«
Violaine gab ein wütend-verächtliches *Pfff* von sich.
»Was machen wir jetzt?«, überlegte Stéphanie laut.
»Nicht *wir*, *ich*. Ich mache etwas«, antwortete Violaine.
Sie zog die Hand weg, die ihre Mutter gefangen hielt.
»Bist du dir wenigstens sicher?«, fragte Stéphanie, ohne sich großen Illusionen hinzugeben.
»Ich habe einen Test gemacht.«
»Du musst zu einer Frauenärztin gehen. Nicht zu meiner, ich verstehe, dass dir das unangenehm ist. Aber Madame Beaulieu de Lassalle hat mir von ihrer Ärztin erzählt …«
»Broyard«, unterbrach Violaine. »Na, vielen Dank. Ich habe morgen einen Termin im Zentrum für Familienplanung bei Doktor Dubois.«
Ihr Tonfall war angespannt und hart.
»Willst du, dass ich dich begleite?«, schlug Stéphanie vor.
»Nein.«
»Aber du bist noch nicht volljährig und …«
»Adelaide ist achtzehn, sie kommt mit.«
»Das ist eine große Verantwortung für sie.«
»Da wird sie was lernen.«
Stéphanie runzelte erstaunt die Stirn.
»Ja, sie wird lernen, was man in so einem Fall tut.«
Violaine hatte die Situation umgedreht. Nicht Adelaide stützte sie. Sie war es, die Adelaide einweihte.

»Ganz genau: Was wirst du tun?«, fragte Stéphanie schüchtern.
»Ich habe keine Wahl«, erwiderte Violaine.
Sie verkrampfte sich immer mehr. Doch die Tränen kamen wieder.
»Na, ja, doch. Ich habe die Wahl. Aber ich ...«
Sie schniefte.
Nichts zu machen. Sie war wieder so kläglich.
Mit aller Kraft rief sie:
»Ich will kein Baby von jemandem, den ich nicht liebe!«
Schluchzend brach sie zusammen, und ihre Mutter zog sie an sich.
»Oh, mein Liebling, mein Liebling! Es ist mein Fehler. Ich habe mich nicht genug um dich gekümmert. Dieses verdammte Labor! Ich hätte mehr mit dir reden sollen. Ich hab ja gesehen ... All diese Jungs! Sie umkreisen dich wie Bienen einen Honigtopf. Du bist zu hübsch. Man muss nein sagen können.«
»Ich sag ni-i-i-i-ie ... mehr was an-n-n-n-deres ...«, schluchzte Violaine.
Stéphanies Augen blieben trocken. Aber es war schlimmer, ihr blutete das Herz. Nach und nach beruhigte Violaine sich, dann ließ sie ihre unwiderrufliche Entscheidung hören:
»Ich mache einen Schwangerschaftsabbruch.«
Daraufhin schwieg sie und wartete auf das Urteil ihrer Mutter. Ihre Verurteilung. Und die kam nicht.

»Findest du, das ist unrecht?«
»Ich habe es auch getan.«
Die Wände wackelten.
»Mama!«
Was für eine Enttäuschung, und was für ein Trost! Sie fassten sich bei den Händen.
»Als du so alt warst wie ich?«
»Nein.«
»Weiß Papa das?«
Stéphanie lächelte etwas bitter.
»Das ...«
Sie zögerte nur eine Sekunde, und dann kam ihr das, was sie nie gesagt hatte – nicht einmal ihrer eigenen Mutter –, über die Lippen. Sie war damals verheiratet, sie hatte bereits Violaine und Pilou, sie war glücklich oder glaubte wenigstens, es zu sein. Und sie erfuhr fast gleichzeitig, dass sie schwanger war und dass Jean sie betrog.
»Mit der Sprechstundenhilfe.«
»Molette!«, rief Violaine entsetzt.
Stéphanie musste lachen.
»Die Arme! Nein, sie war damals ein halbes Jahr krank. Dein Vater hat eine Vertretung eingestellt. Eine hübsche, natürlich. Und ich war so glücklich, dass ich ein Kind erwartete!«
»Papa ist böse«, erklärte Violaine mit der Stimme eines wütenden Kindes.

»Ich habe abgetrieben. Dann habe ich die Scheidung eingereicht.«

»Ja, schon, aber du hast dich nicht scheiden lassen«, bemerkte Violaine, noch immer aufgewühlt.

»Nein, das habe ich nicht. Jean hat mit seiner Vertretung Schluss gemacht. Er hat mich um Verzeihung gebeten: Er liebte *mich*. Und vor allem wollte er seine Kinder nicht verlieren.«

»Ja, aber du hast eines verloren.«

»Ansonsten wäre Mirabelle nicht auf die Welt gekommen.«

Violaine dachte an den Satz ihrer kleinen Schwester: *Wenn Mama mich nicht gewollt hätte, hätte ich großen Kummer gehabt.*

»Hart, das Leben«, seufzte sie, und diese Feststellung verwirrte sie.

»Aber ein Leben ist lang. Eines Tages wirst du wirklich lieben und das Kind von dem Mann in dir tragen, den du liebst.«

»Und dann bin ich krank wie eine Kuh«, schloss Violaine, und sie fand den Gedanken wenig verlockend.

Zur gleichen Zeit brachte Doktor Baudoin mit großen Schritten Mirabelle zur Schule.

»Sag mal, Papa, magst du Babys?«, erkundigte sich eine leise Stimme.

»Schweinchenbabys?«, fragte er zerstreut zurück.

»Nein, normale.«
Stutzig geworden, verlangsamte er den Schritt.
»Nun, also ... ich mag Babys, wenn sie nicht allzu sehr plärren. Du warst ein nettes Baby. Warum fragst du mich das?«
»Nur so. Um zu wissen, ob du dich freust, wenn ich später mal ein Baby haben werde.«
Sie redete langsam und listig. Jean lachte erstaunt.
»Hör mal, bestimmt freue ich mich. Aber das eilt ja nicht! Einstweilen reichen schöne Schweinchenbabys völlig aus, denke ich.«
»Violaine wird vor mir ein Baby haben.«
»Das ist wahrscheinlich.«
»Und wirst du das Baby von Violaine mögen?«
Jean blieb vor dem Schultor stehen:
»Ja, sehe ich denn aus wie ein Menschenfresser oder was?«
Mirabelle streckte sich auf die Zehenspitzen, um ihm einen Kuss zu geben:
»Ein bisschen«, sagte sie und rannte davon.

Ein paar Straßen weiter traf Paul-Louis (für den engsten Freundeskreis: P. L.) auf Sixtus Beaulieu de Lassalle, seinen Freund aus den reichen Vierteln.
»Oh, neue Shoes«, bemerkte P. L.
»Hundertfünfunddreißig Euro.«
»Nicht schlecht!«

Das war ihr besonderer Sport. Sich die teuersten Klamotten kaufen zu lassen. In diesem Geiste fragte Paul-Louis seinen Freund, ob es bei seiner Party Champagner geben würde. Das Alter von Kindersekt hatten sie doch wohl hinter sich!

»Ich frage mich, ob die Party überhaupt steigen kann, stell dir vor.«

»Was?«

In seiner theatralischen Art hatte Paul-Louis sich ans Herz gefasst, als ob er kurz vor dem Infarkt stünde.

»Behalt es für dich, aber meine Schwester hat ein Big Problem.«

»Uns doch egal«, erwiderte P. L., als sei das ganz selbstverständlich.

»Nur dass die Stimmung nicht gerade nach Party ist, wenn meine Eltern es erfahren.«

Ein wenig verlegen senkte Sixtus die Stimme:

»Sie ist schwanger.«

Der Junge hatte ein Telefongespräch zwischen Adelaide und Dominique belauscht, der sich Sorgen machte, weil er Violaine nicht mehr auf dem Handy erreichen konnte. Sixtus hatte nur ein paar Bruchstücke aufgeschnappt und daraus ein bisschen voreilig geschlossen, seine Schwester würde ein Baby erwarten.

»Weißt du, von wem?«, fragte P. L. mit angewidertem Gesicht.

»Ich glaube, es ist von Dominique.«
»Dem Freund meiner Schwester?!«
In dem Moment fiel beiden auf, dass sie sich beeilen mussten, um noch rechtzeitig zur ersten Stunde zu kommen, und sie rannten los.
»Wenn Dominique das meiner Schwester angetan hat, polier ich ihm die Fresse«, erklärte P. L., ganz außer Atem.
»Im Ernst?«, fragte Sixtus grinsend.
Paul-Louis antwortete nicht. Im Niemandsland seines heranwachsenden Herzens hatte er einen Platz für Violaine reserviert – für die Violaine aus der Zeit, als er noch Pilou hieß.

10
Männerwort

An diesem Dienstagabend lag Vianney mit Papier und Stift im Bett. Da er es nicht geschafft hatte, sich vor Baudoin zu rechtfertigen, hatte er beschlossen, ihm zu schreiben. Schon die ersten Worte machten ihm Schwierigkeiten: *Mein lieber Jean? Sehr geehrter Herr? Doktor Baudoin?* Und außerdem, was sollte er sagen? Der Anschein sprach gegen ihn. Lespelette hatte einen Termin bei ihm gemacht, um ihm triumphierend mitzuteilen:
»Ich habe die Tür zu meinem Büro wieder anbringen lassen!«
Lespelette hatte seiner Chefin den Krieg erklärt und die Schlafmitteldosis reduziert.
»Und das verdanke ich Ihnen!«
Vianney war damit sehr zufrieden, vor allem aber war es ihm sehr unangenehm. Lespelette war nun sein Patient, und Doktor Baudoin konnte ihn in der Tat be-

schuldigen, er würde Patienten von ihm abwerben. Er schrieb: *Lieber Monsieur Baudoin,* zerriss das Blatt und sah sich dann nach seiner Katze um.

Jedes Mal, wenn Vianney sich ins Bett legte, weil er lesen oder schreiben wollte, bekam Tonne einen Anfall von Geistesschwäche, der im Allgemeinen mit Halluzinationen begann. Sie sah Mäuse. Zunächst legte sie sich unter dem Armsessel mit der hohen Lehne in den Hinterhalt, die Augen dicht über dem Boden, funkelnd wie zwei Glassplitter. Plötzlich kam sie hervor, stürzte sich auf einen Hausschuh, bemerkte ihren Fehler, verschwand unter dem Bett, tauchte auf der anderen Seite wieder auf, raste in den Flur, kam ins Schlafzimmer zurück und stoppte auf dem Bettvorleger, wo sie zu fragen schien: Wo ist sie? Keine Heimlichkeiten, ich weiß, dass sie da ist!

Auf die Halluzinationen folgte eine – sicherlich göttliche – Aufforderung, aufzusteigen, und Tonne klammerte sich an die Übergardinen. Kurz unterhalb der Zimmerdecke wurde ihr ihre armselige Stellung als Erdenwesen bewusst, und sie merkte, dass sie nicht schwindelfrei war. Sie miaute, bis Vianney sich entnervt aus dem Bett quälte, die Leiter holte und sie von dort oben befreite.

Miau! Miau!

Vianney hob den Blick und entdeckte Tonne, die ganz oben an den Gardinen hing.

»Du weißt, wie dämlich du wirkst«, bemerkte er.
Miau! Miau!, antwortete seine Katze im jämmerlichsten Ton, den eine Katzenkehle hervorbringen kann. Aber Vianney war an diesem Abend fest entschlossen, das Bett nicht zu verlassen, und er wandte sich wieder seinem Brief zu: *Lieber Doktor Boudin ...*. Er riss erschreckt die Augen auf, als er merkte, was er geschrieben hatte. *Boudin*. Blutwurst! *Rummms!* Er stieß einen Schrei aus. Die Übergardinen, die Gardinen und die Gardinenstange waren aufs Parkett gestürzt. Vianney ließ den Kuli fallen.
»Tonne?«
Der Stoffhaufen regte sich nicht.
»Ja, was ist das nur für eine bescheuerte Katze!«, rief Chasseloup und warf die Decke zur Seite.
Im selben Moment bewegten sich die Gardinen, und Tonne schleppte sich, ihre anderthalb Ohren dicht an den Schädel gedrückt und mit eingefallenem Kreuz, zum Sessel, wo sie sich verkroch. Vianney, der zunächst wütend gewesen war, machte sich sofort Sorgen. Er bückte sich, rief seine Katze, dann streckte er den Arm unter den Sessel aus. Er bekam keinen Krallenhieb ab, was ihn noch mehr beunruhigte. Er hob den Sessel und sah die arme Tonne, die am Kopf verletzt war und am ganzen Leibe zitterte. Der Schlag der Gardinenstange musste ein altes Trauma wiederbelebt haben. Vianneys Herz wurde weich. Unter Le-

bensgefahr nahm er Tonne in die Arme, und diese drückte verängstigt den Kopf unter Vianneys Achsel und beschmierte dabei seinen Schlafanzug mit Blut.

Mittwochnachmittags ging Chasseloup normalerweise nicht ins Zentrum für Familienplanung. Aber am Vorabend hatte Annie ihn benachrichtigt, dass Carole Dubois ihre Sprechstunde nicht halten konnte, da sie wegen einer Blinddarmentzündung ins Krankenhaus gekommen war. Glücklicherweise waren die beiden Termine, die Chasseloup am Mittwochnachmittag in der Praxis hatte, nacheinander abgesagt worden. Man erlebt derlei glückliche Zufälle häufiger in Romanen als im Leben. Und doch war genau dies eingetreten, und Vianney hatte folglich – noch ohne es zu wissen – einen Termin mit Madame Bonnard und dann einen mit Violaine Baudoin.
Als er das Wartezimmer des Zentrums betrat, begrüßte ihn Annie und flüsterte ihm bei der Umarmung zu:
»Ich habe die Frau direkt in dein Sprechzimmer gebracht. Es sieht nicht gut für sie aus.«
Vianney nickte.
»Ich habe alles in der Krankenakte vermerkt. Sie hat einen Tumor in der Brust und muss mit der Behandlung anfangen.«
»Okay«, sagte Vianney nur.

Er klopfte an die Tür seines eigenen Sprechzimmers, dann drückte er sich durch den Türspalt. Madame Bonnard machte Anstalten aufzustehen.

»Bleiben Sie nur sitzen. Guten Tag.«

Er setzte sich ihr gegenüber, warf ihr einen Blick zu, dann schien er verschiedene Dinge auf seinem Schreibtisch zu suchen, während er sich vorstellte:

»Ich bin Doktor Chasseloup, ich vertrete Doktor Dubois, die sich entschuldigen lässt.«

Madame Bonnard saß mit angespanntem Gesicht sehr aufrecht auf ihrem Stuhl. Chasseloup? Der seltsame Name sagte ihr etwas. Der junge Mann nahm die Unterlagen, die Annie für ihn vorbereitet hatte.

»Madame Bonnard«, las er. »Agnès ... Lehrerin. Haben Sie bereits einen Arz...«

Er beendete seinen Satz nicht. Er war gerade auf das Schreiben mit dem Briefkopf von Doktor Baudoin gestoßen: *Sehr geehrter Kollege, ich überweise Ihnen Madame Bonnard, für deren schwierige Situation ich Sie um Ihre Aufmerksamkeit bitte ...* Als er die gesamte Akte durchgelesen hatte, hob er den Blick und sagte ungeschickt:

»Ich ... Es tut mir leid, was mit Ihnen ist.«

Keinerlei Regung zeigte sich im Gesicht der jungen Frau. Vianney senkte den Blick wieder auf die Akte:

»Sie haben Kinder, sehe ich ... Einen Jungen?«

»Einen Jungen und ein Mädchen.«

Er hob den Blick:
»Und sie heißen?«
»Berenice und Hadrien.«
»Wie königlich!«
Als er ihr auf seine traurige Art zulächelte, entfuhr es Madame Bonnard plötzlich:
»Oh, sind Sie das, der mit Doktor Baudoin zusammenarbeitet?«
»Ich versuche, ihn zu entlasten«, antwortete Vianney errötend. »Wenn es Ihnen recht ist, würde ich gern eine Ultraschalluntersuchung machen, Madame Bonnard.«
Er erhob sich und schaltete den Apparat ein. Es war die älteste Kiste, über die das Krankenhaus verfügte, und er war so häufig kaputt, dass der Techniker jedes Mal klagte, er könne nichts mehr tun. Chasseloup, der an Mickey gewöhnt war, hatte seinen asthmatischen Apparat freundschaftlich Donald getauft und ermunterte ihn bei jedem Start mit ein paar Klapsen auf die Seite. Diesmal gab der Bildschirm deutliche Zeichen von Erschöpfung von sich und blinkte während der gesamten Untersuchung. Dennoch konnte Vianney auf dem Ultraschallbild eine kleine Bohne von weniger als einem Zentimeter erkennen.
»Ungefähr sechs Wochen«, schätzte er halblaut.
»So lang schon?«, fragte Madame Bonnard beunruhigt.

»Entschuldigen Sie, ich spreche von Amenorrhö-Wochen, das heißt, die Wochen seit der letzten Regel. Schwanger sind Sie erst seit vier Wochen.«

Vianney behielt den Bildschirm zu sich gedreht, und nachdem er das Bild ausgedruckt hatte, schob er es unauffällig in die Patientenunterlagen. Es hatte in der Abteilung einen alten Frauenarzt gegeben, der jeder Frau das Bild auf dem Bildschirm erklärte, ihr das Herz zeigte, wenn es sichtbar war, und die Herztöne verstärkte, wenn sie hörbar waren. *Damit ihr das auch klar wird*, hatte er der entsetzten Annie gesagt.

»Ich mache mir Vorwürfe, das ich das tue«, sagte Madame Bonnard mit zitternder Stimme auf der Türschwelle.

Sie hatte gerade die drei Tabletten Mifegyne® geschluckt.

»Sie tun es, um sich behandeln lassen zu können, Sie tun es, um gesund zu werden«, sagte Doktor Chasseloup, während er ihr die Hand gab.

Als sie gegangen war, blieb er einen Moment niedergeschlagen mit starrem Blick vor dem Ultraschallgerät sitzen. Dann ging er auf der Suche nach Annie hinaus.

»Geht's?«, fragte sie teilnahmsvoll.

Sie sah ihn so häufig gramzerfurcht, dass sie es bedauerte, ihn eines Tages gefragt zu haben, ob er ins Zentrum für Familienplanung kommen würde. Aber es fehlte dort so dringend ein mitfühlender Arzt. Niemand war mehr bereit, in dieser in den hintersten Winkel des Krankenhauses verbannten Paria-Station zu arbeiten.

»Der Bildschirm bricht bald zusammen«, antwortete er.

»Und du, auch zusammengebrochen?«

»Es geht«, antwortete er seufzend.

Natürlich war Annie nicht in Doktor Chasseloup verliebt. Er erinnerte sie an ihren Sohn, nur in größer, in dunkler, nachlässiger, verwirrender. Sie hörte das Klappern von Holzschuhen und drehte sich um.

»Guten Tag, Marjorie!«

Die hübsche Krankenschwester aus Guadeloupe küsste Vianney wie eine gute Freundin auf beide Wangen. Da sie verheiratet und Mutter einer kleinen Tochter war, konnte sie nicht in ihn verliebt sein. Luce, die Schwesternhelferin, hatte einen Freund, Virginie, das Stationsmädchen, hatte sich gerade verlobt; Doktor Carole Dubois war verheiratet gewesen, geschieden und inzwischen wieder verheiratet. Keine von ihnen war folglich in Chasseloup verliebt. Aber wenn sie einen Kaffee zusammen tranken, kam das Gespräch unweigerlich auf Chasseloup. Ihn umgab ein Geheimnis.

»Und deine Katze?«, erkundigte sich Marjorie.

Alle kannten Tonne vom Hörensagen. Vianney erzählte die letzten Großtaten seiner vierbeinigen Katastrophe, und die beiden Frauen lachten Tränen. Niemand bemerkte, wie Violaine und Adelaide das Wartezimmer betraten. Sie sahen sich an und waren von dieser Fröhlichkeit, die so wenig zu ihren Gefühlen passte, fast ein bisschen schockiert. Sie lehnten sich mit griesgrämigen Gesichtern an die Heizung.

»Vianney«, flüsterte Marjorie und machte eine Kinnbewegung in Richtung der jungen Mädchen.

Der Arzt drehte den Kopf und sah sie. Sofort wurde er ernst.

»Hmm ... Ich gehe in mein Sprechzimmer.«

Violaine sah ihm verdutzt hinterher. Aber das war doch der junge Mann mit den Eselsaugen! Annie ging zu ihr:

»Guten Tag! Es ist etwas dazwischengekommen. Carole Dubois ist heute verhindert, aber ...«

Sie überlegte kurz, ob sie Chasseloups Nachnamen nennen sollte, entschied sich dann aber für den Vornamen.

»... Vianney wird Sie empfangen.«

Violaine sah sie noch verstörter an. Vianney! Der Vorname ihres Babys.

»Es ist die Tür rechts«, schloss Annie. »Klopfen Sie an und gehen Sie rein.«

Beide standen auf, aber Violaine traf eine jähe Entscheidung:

»Ich gehe allein. Kannst du auf mich warten?«

Adelaide setzte sich erleichtert wieder.
»Ich mach meine Matheaufgaben.«
Sie lächelte verschmitzt und fügte leise hinzu:
»Der sieht ja gutmütig aus.«
Violaine zuckte mit einer Schulter, pfff, das war typisch Adelaide.

Als sie das Sprechzimmer von Chasseloup betrat, reichte ihm Annie gerade die Unterlagen.
»Guten Tag«, sagte er und blickte dabei kaum auf.
»Setzen Sie sich, Mademoiselle …«
Er suchte den Namen auf der ersten Seite der Akte und verstummte. Violaine Baudoin. Die Tochter von Doktor Baudoin. Kein Irrtum möglich. Jean hatte ihm am Tag, als er ihm angeboten hatte, in seine Praxis einzusteigen, die drei Vornamen seiner Kinder aufgezählt. Fasziniert voneinander starrten Violaine und Vianney sich an.
»Mademoiselle Baudoin?«
»Ja.«
Vianney las die wenigen Informationen, die die Akte enthielt. Siebzehn Jahre. Gymnasiastin. Keine elterliche Einwilligung. Hat noch keinen Antrag auf Schwangerschaftsabbruch unterschrieben.
»Ist Vianney Ihr Name?«, murmelte Violaine.
»Ähh, ja. Entschuldigen Sie, ich habe mich noch nicht vorgestellt. Doktor Vianney Chasseloup.«

»O nein«, stöhnte Violaine.
»Doch ...«
Sie schwiegen einen Moment. Sie hatten sich verstanden.
»Wie Sie sicher wissen, unterliege ich der ärztlichen Schweigepflicht, Mademoiselle Baudoin. Aber wenn Sie lieber jemanden anderen aufsuchen möchten ...«
»Nein, das macht nichts ...«
Doch Vianney wusste nicht mehr, wie er das Beratungsgespräch fortführen sollte.
»Haben ... hm ... Haben Sie bereits mit Annie gesprochen?«
Violaine nickte.
»Denken Sie, Sie haben Ihre Entscheidung getroffen?«
»Abbruch«, stieß sie zwischen den Zähnen hervor.
Daraufhin erklärte ihr Vianney, dass sie an diesem Mittwoch ihre erste medizinische Beratung habe, in deren Verlauf eine Ultraschalluntersuchung gemacht würde. Abhängig von der bisherigen Dauer der Schwangerschaft würden ihr verschiedene Eingriffsmethoden vorgeschlagen.
»Danach haben Sie von heute an eine Frist von sieben Tagen ...«
»Noch mal!«
Sie konnte nicht mehr. Sie wäre am liebsten von ihrem Stuhl gerutscht, auf die Erde gefallen und mit dem Kopf auf die Fliesen geschlagen.

Also redete er mit ihr. Er sprach von Annie, die zu ihrer Verfügung stünde, um ihr jeden Tag zuzuhören. Er legte den Termin für die mögliche Schwangerschaftsunterbrechung auf den nächsten Mittwoch. Dann redete er von ihren Eltern, von der Stütze, die sie für sie sein könnten. Violaine schüttelte den Kopf, nein, nein. Er beharrte nicht weiter darauf und bat sie, sich für die Ultraschalluntersuchung auszuziehen. Als er sah, wie ihre blassen Wangen feuerrot wurden, beeilte er sich hinzuzufügen:
»Sie können einfach nur die Jeans ein wenig herunterschieben und ... und ... das Sweatshirt hochziehen.«
Sie begann zu weinen. Ein paar lange Sekunden war Vianney unfähig zu einer Reaktion. Wie sollte er die Situation entdramatisieren?
»Hat Annie Ihnen gesagt, dass das, was Ihnen zustößt, recht häufig vorkommt?«
Violaine schluchzte zustimmend.
»Und Teenagern passiert das ... zehntausendmal pro Jahr«, präzisierte Vianney. »Weil sie nicht glauben, dass ihnen das passieren kann. Sie fühlen sich noch als Kinder ... Ein Kind kann kein Kind bekommen ...«
Violaine deutete ein Lächeln an.
»Vielleicht wollten Sie wissen, ob Sie schon eine Frau sind?«, wagte Vianney sich vor.

Violaine warf ihm einen bösen Blick zu. Er wischte seine Vermutung mit einer Handbewegung beiseite und versuchte es in einer anderen Richtung:
»Im Laufe ihres Lebens sind alle Mädchen irgendwann verliebt, fast alle gehen Beziehungen ein oder heiraten, die meisten von ihnen bekommen Kinder, und eine von zweien macht einen Schwangerschaftsabbruch. Ja, das passiert einer von zwei Frauen.«
Violaine dachte: Mama. Ich. Und rief:
»Meiner kleinen Schwester soll das nicht passieren!«
»Sie heißt Clémentine, glaube ich?«
Violaine lächelte amüsiert.
»Nein, Mirabelle.«
Ja. Mirabelle. Wieder so werden wie sie.

Kurz darauf legte Violaine sich auf die Untersuchungsliege. Sie hatte den Reißverschluss ihrer Jeans geöffnet und die Hose ein bisschen heruntergelassen. Mit den Fingerspitzen schob Vianney das Sweatshirt über den Nabel.
»Ich streiche Ihnen jetzt ein Gel auf den Bauch, das ist ein bisschen kalt. So …«
Er schob die Sonde über den Unterleib, und auf dem Bildschirm erschien ein blinkendes Bild.
»Zwischen sechs und sieben Wochen«, murmelte er zu sich selbst.
»Der Haribo-Bär!«, rief Violaine bestürzt.

»Wie bitte?«

»Mit sieben Wochen ähnelt es einem … einem …«

»O nein, nein, entschuldigen Sie. Sieben Wochen nach der letzten Regel entspricht fünf Wochen Schwangerschaft.«

Aber in Violaines verkrampftem Gesicht konnte man die Angst lesen.

»Was ist da zu sehen?«, stammelte sie. »Was ist da?«

Sie deutete auf den Bildschirm.

»Nicht viel. So was wie eine Bohne.«

Er zögerte. Violaine hatte sich aufgerichtet und streckte den Hals aus.

»Möchten Sie sehen?«

»Ja.«

Er drehte den Bildschirm zu ihr.

»Da ist nichts!«

»Das sagte ich Ihnen ja …«

»Nein, da ist überhaupt nichts!«

Vianney sah seinerseits hin. Der Bildschirm war tot. Verdammter Donald!

Adelaide war mit ihren Matheaufgaben fertig und fand die warmen Rippen des Heizkörpers, an die sie sich mit dem Rücken lehnte, allmählich schmerzhaft. Endlich ging die Tür des Sprechzimmers auf, und Violaine kam allein heraus.

»Und?«, fragte Adelaide, sobald sie draußen war.

»Nächsten Mittwoch nehme ich im Zentrum drei Tabletten. Zwei Tage später muss ich noch mal hin, um wieder zwei zu nehmen. Und dann bleibe ich ein paar Stunden da, bis es vorbei ist.«
Sie redete mechanisch. Vielleicht wäre es besser, ich würde vor nächstem Mittwoch sterben, dachte sie.
Als ihre Mutter sie zu Hause im Flur mit einem »Wie war es?« festnageln wollte, begnügte sie sich mit:
»Schon gut.«
Es war nicht die Zeit für überschwängliche Reden. Beim Abendessen stand sie bald vom Tisch auf:
»Bin müde. Geh schlafen.«
Sie hatte gerade noch Zeit, den unzufriedenen Blick ihres Vaters aufzufangen und zu hören, wie er rief:
»Was ist denn nur mit ihr?«
In ihrem Zimmer legte sie sich vollständig angezogen hin und krümmte sich in ihrer Übelkeit in Form eines Fötus zusammen. Und wenn sie einfach gar nichts mehr tun würde? Wenn sie sich begnügen würde abzuwarten? Zu schlafen? Hundert Jahre zu schlafen wie Dornröschen. Wenn sie erwachen würde, wäre Frühling, das Baby wäre geboren. Und es würde Dominique ähneln. Es würde dem Jungen ähneln, zu dem sie nicht deutlich genug nein gesagt hatte.
Eines Tages, hatte Mama versprochen, *eines Tages wirst du wirklich lieben. Und du wirst das Kind des Mannes in dir tragen, den du liebst.*

Sie schlief ein, während sie jenes Kind in die Arme schloss.

Am nächsten Morgen erwachte Doktor Baudoin seltsam beklommen. Immer noch hatte er die Vorstellung, eine dunkle Wolke balle sich über seinem Kopf zusammen. Als Jean sich rasierte, betastete er seinen Hals. Nein, da war nichts Verdächtiges, keine geschwollenen Lymphknoten. Nur die Angst schnürte ihm die Kehle zu. Da er sich abreagieren musste, ging er zu seiner Frau, die in der Küche frühstückte, und beklagte sich über Chasseloup.
»Weißt du, ich dachte, der Typ sei in Ordnung, er sei ein solider Allgemeinarzt, nicht besonders helle, aber gewissenhaft … Und ich merke, dass er ein Streber ist. Ein Karrierist.«
Er wusste selbst, dass seine Anschuldigungen lächerlich waren. Aber er machte stur weiter:
»Ich muss ihn loswerden, sonst macht er mir nur Ärger.«
Seine Frau bemühte sich nicht einmal, ein leises solidarisches Brummen von sich zu geben.
»Ist dir das egal?«, fragte er.
»Hör mal, wenn das deine einzige Sorge ist, dann ist das doch nicht schlimm«, sagte sie und stellte ihre Kaffeeschale in die Spüle.
Sie ging aus der Küche und ließ ihn erstaunt und

beleidigt zugleich zurück. Nicht einmal sein Zuhause schenkte ihm noch einen Augenblick Seelenfrieden. Er war kurz davor, sich zu fragen, ob Stéphanie ihm die Rückkehr ihrer Krebserkrankung verbarg oder einen jungen Liebhaber. Oder beides?
»Guten Tag, Doktor«, begrüßte ihn Josie.
Er brummte etwas und entfernte sich, ohne das gewohnheitsmäßige *Wie geht's den Patienten?*. Josie war sprachlos.

Als Jean in seinem Sprechzimmer war, ging er nervös auf und ab. Er war gereizt, er konnte diese Parade von Verstopften und Nervensägen nicht mehr ertragen. Ja, er war krank, er hatte eine Allergie gegen seinen Beruf entwickelt. Er hörte Schritte im Flur und spitzte die Ohren. Es war Doktor Chasseloup, der vor sich hin summend eintraf. Jean wusste im Grunde genau, dass Vianney ein gutmütiger Mensch und guter Junge war. Er zuckte die Schultern und öffnete die Tür zum Wartezimmer. Er hatte vergessen, seine Sprechstundenhilfe nach den Namen der Patienten des Vormittags zu fragen, aber das war nicht weiter wichtig, da er einen sofort erkannte. Bonpié, den Viagra-Liebhaber.
»Monsieur Bonpié?«, fragte er mit einem unmerklichen Zwinkern.
Der Sechzigjährige erhob sich von seinem Stuhl und stammelte:

»Ich … nein … Ich möchte zu Doktor Chasseloup.«
Jean wich zurück, als hätte er eine Ohrfeige bekommen.
»Ich bin Erste«, erklärte eine etwas korpulente Frau dem Arzt mit einem freundlichen Lächeln.
Er fing sich wieder und ließ sie eintreten:
»Setzen Sie sich, Madame …?«
»Sanchez.«
»Sie waren schon einmal hier, wenn ich mich recht erinnere.«
»Ja, wegen die Hitzewallung.«
Jean Baudoin fand die Patientenakte auf dem Bildschirm.
»Emilia Sanchez. Ja, stimmt, das kleine Problem mit der Phase vor den Wechseljahren. Ist alles wieder in Ordnung?«
»Ja, die Wallunge. Aber …«
»Haben Sie ein anderes Problem?«
»Sí. Ich habe Bauch. Ich weiß, ist Alter für Bauch. Aber ich habe nichts Hunger, ich nicht viel esse … und doch immer dicker.«
Es folgte eine Beschreibung des Unwohlseins und allen Unglücks von Madame Sanchez, die unter saurem Aufstoßen litt, Schmerzen in den Brüsten hatte, Krebs fürchtete und wegen ihrer Jüngsten nicht schlafen konnte. Doktor Baudoin kritzelte Männchen auf ein Post-it.

»Hatten Sie diesen Monat Ihre Regel?«, fragte er träge.
»Ist Regel sehr unregelmäßig, weil wechselnde Jahre.«
»Ja, aber diesen Monat?«
»Habe nicht gehabt.«
»Gut.«
Doktor Baudoin erhob sich und ging zu seinem Medikamentenschrank. Er nahm einen Schwangerschaftstest heraus und hielt ihn Madame Sanchez hin.
»Ist das für die Schmerze in Bauch?«
»Es ist eher dazu da zu überprüfen, ob Sie nicht schwanger sind.«
Madame Sanchez stieß einen gekränkten Schrei aus.
»Ich!«
Aber das war doch unmöglich, in ihrem Alter! Nein, das Pille nahm sie nicht, auch nicht das Spiral, aber ihr Mann und sie wussten doch schon immer, wie sie es anstellen mussten. Wie die ersten Menschen, dachte Doktor Baudoin.
»Isse meine Tochter schwanger, Helena, wille behalten Baby, isse sechzehn, isse viel zu jung. Aber ich, bine zu alt!«
»Dann taufen Sie sie halt zusammen«, sagte Jean unerbittlich.
Die arme Madame Sanchez ging niedergeschmettert mit ihrem Schwangerschaftstest in der Tasche von dannen, und Doktor Baudoin ließ seine Gedanken im Kopf Flipper spielen. Bonpié hatte ihn verraten. Und

Lespelette auch. Was war mit Chasseloup los? *Mögen die Menschen mir ihre Achtung entgegenbringen, wenn ich meinen Versprechen treu bin.* Warum kam ihm dieser Satz wieder in den Sinn?

Er sah zum Medikamentenschrank und merkte, dass er noch offen stand. Im selben Augenblick kam es ihm blitzartig. Schwangerschaftstest. Violaine.

»Sie ist schwanger«, murmelte er.

Wie hatte er nur so blind sein können? An diese nicht enden wollende Darmgrippe zu glauben!

»Violaine …«

Aber warum hatte sie ihn angelogen? Hatte sie, genau wie die kleine Helena Sanchez, die Absicht, ihr Baby zu behalten? Ach nein, sie war so eine dumme Gans, dass sie nicht wusste, wie sie es loswerden sollte. Was erhoffte sie sich? Eine Fehlgeburt, das Ende der Welt? Jetzt, wo die Katastrophe, die er vorausgeahnt hatte, eingetreten war, hatte er keine Angst mehr, er würde handeln.

Er wartete geduldig bis die Nacht hereingebrochen war, bis alle im Bett lagen, bis seine Frau eingeschlafen war, dann stand er ganz langsam auf und ging leise ins Zimmer seiner ältesten Tochter. Er machte die Nachttischlampe an und setzte sich auf die Bettkannte.

»Papa?«

Violaine dachte zunächst, sie würde träumen, und legte ihrem Vater die Hand auf den Arm.
»Bist du's?«
»Scheint so.«
»Was tust du da?«
»Und du? Weißt du, was du tust?«
Er hatte es mit bärbeißiger Zärtlichkeit gesagt. Violaine richtete sich auf und legte ihm die Arme um den Hals. Sie begannen, fieberhaft zu flüstern.
»Bist du schwanger?«
»Ja.«
»Weiß das deine Mutter?«
»Nein.«
»Du musst ins Zentrum für Familienpla…«
»Schon erledigt.«
Jean löste sich von ihr:
»Was, der Abbruch?«
Violaine krümmte sich zusammen und schlang die Arme um die Knie:
»Der Termin ist nächsten Mittwoch.«
»Warte mal … Jetzt mal ganz ruhig!«
Er war es, in dem es kochte.
»Zunächst: Was für eine Methode …«
»Medikamente.«
»Das ist doch Unsinn!«, rief er. »Wer hat dir gesagt … Wer ist der Arzt, der dir das verordnet hat?«
»Es ist eine Frau, Carole Dubois.«

Violaine hatte nicht das Gefühl, sie würde lügen, eher, sie würde ein Hindernisrennen absolvieren.
»Na, also wirklich, so ein Trottel!«, ereiferte sich Jean. »Das kannst du ihr von mir ausrichten. Bei einem Teenager macht man eine Vollnarkose. Du bekommst eine Betäubungsspritze, das dauert fünf Minuten. Wenn du aufwachst, ist alles vorbei, du merkst überhaupt nichts. Es ist nicht Aufgabe des Arztes, an deiner Statt zu bestimmen, du musst entscheiden.«
»Ich war es ja, die sich entschieden hat, er hat mir nur die Methoden erklärt.«
Ihr Vater sah sie verdutzt an.
»Wer, ›er‹?«
»Nein, sie … Doktor Dubois, meine ich! Hör mal, Papa, das ist alles wirklich nicht leicht durchzustehen. Bring mich nicht durcheinander!«
Er senkte den Kopf und presste die Handballen zusammen.
»Ich hätte so gern, dass du das nicht durchmachen musst«, sagte er mit einer Stimme, die vom Schmerz wie zerrissen war.
»Das passiert einer von zwei Frauen.«
Sie sahen sich an.
»So vielen?«, fragte Jean erstaunt.
»Wusstest du das nicht?«
»Oh, ich und Statistiken … Eine von zweien?«
Er schien etwas in weiter Ferne zu betrachten.

»Auf jeden Fall darf das nicht noch mal vorkommen. Hat man mit dir über die danach anzuwendende Verhütung gesprochen?«
Violaine erzählte ihrem Vater nichts von ihrem Keuschheitsgelübde. Denn sie spürte, dass er beruhigt werden wollte.
»Ich kläre das mit Doktor Dubois, mach dir keine Sorgen.«
»Du wirkst so ruhig«, bemerkte er.
»Muss ja sein.«
»Hättest du gern, ich würde dich Mittwoch begleiten?«
»Nein.«
Er beharrte nicht darauf. Um seine Tochter gab es plötzlich einen Raum, der ihm nicht gehörte. Ein Privatleben.
»Du bist gerade dabei, eine andere zu werden ...«
Er erhob sich und fügte in dem weltmännischen Ton, der seinen Charme ausmachte, hinzu:
»Und es wird mir eine Freude sein, ihre Bekanntschaft zu machen.«

11
Die Tochter von Doktor Baudoin hat einen Vornamen

Nach seinem Gespräch mit Violaine hatte Chasseloup noch zwei weitere Termine, die ihn sehr beschäftigten.
»Wie bist du mit deiner hübschen kleinen Brünetten zurechtgekommen?«, fragte Annie, als sie mit ihm das Krankenhaus verließ.
»Annie!«, protestierte Vianney.
»Ja, ich weiß, bei dir sickert nie was durch!«
Sie verabschiedeten sich mit Küsschen, und Vianney setzte in Gedanken versunken seinen Weg fort. Die hübsche kleine Brünette. Die Worte schwebten vor ihm. Hübsch ... klein ... brünett ... Er sah sie erneut vor sich, wie sie weinte, lächelte, errötete. Dann begegnete er in einem Schaufenster seinem eigenen Gesicht, blieb stehen, fuhr sich mit den Fingern durchs Haar, um es zu bändigen, und versuchte dabei zu lächeln. Je mehr er lächelte, desto trauriger schien er,

und er fragte sich, ob er nicht eher ein wenig beängstigend sei.

Zehn Jahre gequälte Kindheit formen ein Gesicht und eine Seele. Zehn Jahre das Gefühl, schuldig zu sein, weil er auf die Welt gekommen war, zehn Jahre lang das widerwärtige Essen erbrechen, das ihn Opa Boudin zu schlucken zwang, all jene ekligen Blutwürste, die gallertartigen Schweinsfüße, die dampfenden Kutteln, die sich nicht mal die Mühe machten, nach etwas anderem auszusehen als nach dem, was sie waren. Opa Boudin dagegen tat so, als wäre er ein braver guter Großvater.

»Ich mach ihm gutes leckeres Essen, und er ist mager wie ein Spatz! Was ist nur los mit dem Jungen?«

Alle waren ihm auf den Leim gegangen, nur nicht Professor Michel Drumont, der den kleinen Jungen – oder zumindest das, was von ihm übrig war – gepackt und aus dem Müll gezogen hatte.

Miau! Miau!

»Tonne?«

Schon im Eingang bemerkte Vianney den seltsamen Tonfall der Katze. Tonne war in der Küche, drückte sich an die Fußleiste. Sie hatte ihren Wassernapf umgeworfen, die Katzenstreu verstreut und das Futter nicht angerührt. Vianney bückte sich, rief sie, kratzte auf dem Boden. Normalerweise stürzte Tonne sich auf seine Finger, und er musste sie schnell wegziehen,

wenn er sich nicht kratzen lassen wollte. Sie begnügte sich damit, auf noch ergreifendere Weise zu miauen.
»Wir sind reif für einen Abstecher zum Tierarzt«, folgerte Vianney und stand auf.
Er hätte den Abend wirklich gern woanders verbracht als in einem Wartezimmer. Er fühlte sich erschöpft und nachdenklich zugleich. Er hatte das Bedürfnis, sich in den Lehnsessel zu setzen und die Worte *Die Tochter von Doktor Baudoin* zu wiederholen.
Miau! Miau!
»Ja, ja, ich hab's verstanden.«
Er ging den Weidenkorb holen, stellte ihn auf die Fliesen und versuchte, Tonne anzulocken:
»Na, komm, wir gehen zum Katzendoktor. Er wird dich besser kurieren können als ich.«
Tonne löste sich von der Fussleiste, blieb dann starr stehen und miaute vor Angst. Eine plötzliche Intuition brachte Vianney dazu, mehrmals mit der Hand vor den Augen seiner Katze vorbeizufahren.
»Verdammt! Sie ist doch wohl nicht …«

»Blind, doch«, bestätigte der Tierarzt. »Der Schlag auf den Kopf.«
Es gibt Abende, an denen der Riss, den man im Herzen trägt, sich weitet, Abende wie dieser. Tonne lag flach auf dem Untersuchungstisch und maunzte schwach. Vianney verkrampfte sich.

Sie war nur eine Unglückskatze, die er aus dem Müll geholt hatte.
»Kann man ihr noch helfen?«
»Sie wird sich noch eine Zeitlang rumschleppen. Sich überall stoßen, sich verletzen. Sie hat keinerlei Orientierung mehr.«
»Leidet sie?«
»Die Arme …«
Der alte Tierarzt stieß einen teilnahmsvollen Seufzer aus und streichelte Tonne.
»Was würden Sie machen, wenn es Ihre wäre?«
»Ich würde sie ein paar Tage in einem Käfig halten, um zu sehen, wie die Wunde sich entwickelt.«
Er zögerte, dann rang er sich durch:
»Nun gut. Man kann ihr nicht mehr helfen.«
Er kannte Tonnes Geschichte, er hatte an ihrer ersten Rettung Anteil genommen.
»Sie haben ihr eine zweite Chance gegeben. Aber Sie wissen sehr gut, diese Katze hatte einen Hau!«
Er redete in der Vergangenheit, um Chasseloup die Entscheidung zu erleichtern.
»Gut, also, in diesem Fall …« Vianney machte eine unbestimmte Geste, eine Geste, die losließ.
»Sie wird nicht leiden«, versprach ihm der Tierarzt.
Sie gaben sich die Hand, und Vianney machte einen Schritt zum Ausgang. Als er gerade die Klinke herunterdrücken wollte, wandte er sich um:

»Bitte – können Sie sie ein oder zwei Tage für mich in einem Käfig halten?«
Der Tierarzt sah Vianney liebevoll an:
»Sie würden eine andere Katze verdienen!«
»Nein, die da. Ich wollte ... Ich wollte sie retten.«
Und nach diesen Worten beeilte sich Vianney zu gehen, in der Gewissheit, sich lächerlich gemacht zu haben.

Das Leben nahm wieder seinen Lauf. Am Samstag bemerkte Vianney Violaine im Wartezimmer des Zentrums für Familienplanung, als sie gerade Annies Büro betreten wollte. Ein Lächeln zeigte sich im Gesicht des jungen Mädchens, während sie flüchtig winkte. Es ging so schnell, dass Vianney kaum die Zeit hatte, »Guten Tag, Mademoiselle« zu sagen, bevor die Tür sich hinter ihr schloss. Aber das langte, um in seinem Kopf erneut die kleine Melodie *Die Tochter von Doktor Baudoin* auszulösen. Es klang wie ein Film- oder Romantitel.
Am nächsten Tag brach er bei Tagesanbruch zur Arbeit auf. Die Einsamkeit vertrieb ihn von zu Hause. Er kam als Erster in die Praxis in der Rue du Château-des-Rentiers und nutzte diesen Umstand, um seinen Papierkram ein bisschen zu ordnen. Eine halbe Stunde später traf Josie Molette ein und klemmte sich für diesen Tag hinter ihren Tresen.

»Wie geht's den Patienten?«, fragte Doktor Baudoin beim Betreten der Praxis.

Er war höchst unzufrieden, als er die Namen seiner Patienten las:

»Madame Bergeron! Madame Clayeux! Warum bitte schön haben Sie diese Termine für mich ausgemacht?«

Vianney hatte gerade sein Sprechzimmer verlassen und näherte sich. Er hatte die Stimme seines Kollegen gehört. Da sie beide zu früh dran waren, hielt er den Augenblick für günstig, um eine vernünftige und konstruktive Aussprache zu beginnen. Aber die erregte Stimme von Doktor Baudoin ließ ihn innehalten.

»Also, ich weiß nicht mehr, was ich tun soll«, erklärte Josie genervt. »Madame Bergeron hat mich um einen Termin mit Ihnen wegen des kleinen Samuel gebeten.«

»Dieser Schreihals tötet mir den letzten Nerv! Der ist für Chasseloup, wirklich, das ist sein Alter! Und Madame Clayeux, warum drücken Sie mir die wieder aufs Auge? In sechs Monaten kann sie keinen Unterschied mehr zwischen mir und dem Papst erkennen! Das ist eine Patientin für Chasseloup. Das ist doch nicht so schwer. Jeder, für den die Medizin nichts tun kann, ist ein Fall für Chasseloup.«

Vianney kehrte geräuschlos wieder in sein Sprechzimmer zurück und achtete peinlich darauf, nicht die Tür zuzuschlagen. Seine langen Jahre als gequältes Kind hatten ihm die Neigung zu Tränen ausgetrieben. Aber in diesem Moment stieg ihm Bitterkeit in den Mund, wie damals, als Opa Boudin absichtlich Galle in der Geflügelleber gelassen hatte. Doktor Baudoin verachtete ihn. Nie wieder würde er die Worte *Die Tochter von Doktor Baudoin* noch einmal vor sich hinsagen können.

Noch unter Schock näherte er sich dem Eid des Hippokrates und suchte nach etwas, was ihm Mut machen würde, den Tag zu beginnen. Er las: *Ich werde meinen Stand nicht dazu missbrauchen, die Sitten zu verderben oder Verbrechen zu begünstigen.* Ja, wirklich. Er war ein bedeutungsloser Arzt, aber er hatte niemals wissentlich irgendjemandem etwas Schlechtes getan. Er hatte sogar Opa Boudin im Krankenhaus besucht und er, der junge Assistenzarzt, war bis zuletzt für ihn da gewesen.

»Madame Rambuteau?«

Er hatte die Kraft gefunden, die Tür zum Wartezimmer zu öffnen. Er lächelte der alten, griesgrämigen Dame zu.

»Was kann ich für Sie tun?«

»Das Mittel, das Sie mir angedreht haben, hat mir meinen ganzen Darm verkorkst.«

Und es ging wieder los. Schmerzen hier. Schmerzen da. Nichts nutzt etwas. Wofür werden Sie bezahlt?

»Haben Sie am Sonntag Ihre Tochter gesehen?«, unterbrach Vianney sie schließlich.
»Meine Tochter?«, wiederholte sie, als würde sie sich fragen, von wem er eigentlich redete. »Ach, ja, meine Tochter! Die war da.«
Das Gesicht der alten Dame wurde unerbittlich.
»Sie ist mit ihrem angeblichen Freund gekommen, der bereits zwei Mätressen gehabt hat. Und drei Kinder von früher. Aber ich habe meiner Tochter gesagt: ›In unserer Familie haben wir noch nie die Reste der anderen gegessen!‹«
»Das haben Sie ihr gesagt?«
»Ja, und so schnell setzt sie ihre Füße nicht wieder in meine Wohnung. Oder aber ohne ihren ›Freund‹.«
Sie sah Doktor Chasseloup herausfordernd an:
»Und außerdem geht Sie das nichts an. Also, was mach ich wegen meinem Darm?«
Doktor Chasseloup riet Madame Rambuteau, viel Joghurt zu essen. Das, woran sie litt, war nicht heilbar. Auf der Schwelle der Praxis verabschiedete er sich kühl.
»Noch einen guten Tag, Madame Rambuteau.«
»Sie schmollen nicht zufällig mit mir?«
»Doch.«
»Sie sind nicht zufällig ein bisschen leicht gekränkt?«
»Sicherlich.«

Als Vianney an diesem Abend nach Hause kam, glaubte er das gewohnte *Miau* zu hören. Aber nein, es war eine Sinnestäuschung. Noch eine. Er nahm sein Adressbuch und schlug es beim Buchstaben D auf. D wie Drumont. Professor Michel Drumont. Gerade, als er nach dem Telefon griff, klingelte es.
»Doktor Chasseloup?«
Es war der Tierarzt.
»Jetzt sagen Sie mal, was soll ich mit Ihrer Katze machen?«
Vianney war davon überzeugt, dass Tonne gestorben war und der Tierarzt es nicht gewagt hatte, ihn darüber zu informieren.
»Oh, die Arme! Hat sie sehr gelitten?«
»Sie leidet genauso wenig wie Sie«, wies der Tierarzt ihn ab. »Nur wird sie in ihrem Käfig ziemlich nervös. Sie wissen ja, wie sie ist …«
»Aber Sie hatten mir doch gesagt … also … eine blinde Katze …«
»Aber sie sieht. Sie sieht! Sie ist wie durch ein Wunder geheilt. Ist der heilige Vianney nicht der Schutzpatron der Katzen?«
Vianney lachte das Lachen eines sehr glücklichen Kindes.
»Nein, das ist die heilige Tonne. Ich komme! Ich … Ich springe ins Auto. Sagen Sie ihr, dass ich komme.«
Zwanzig Minuten später drückte Vianney seine Katze

an sich und fing sich als Begrüßungsgeschenk einen Tatzenhieb ein.
»Ich ... Ich liebe meine Katze«, erklärte er, während er sich mit einem Taschentuch das Blut abwischte.

Er stellte den Korb neben sich auf den Beifahrersitz. Draußen war es dunkel, und es regnete. Vianney beobachtete die Welt zwischen zwei Scheibenwischerbewegungen, hörte zu, wie seine Katze wütend den Korb zerkratzte, und lächelte aus reinem Glück. Okay, Madame Rambuteau war eine schreckliche Person und Doktor Baudoin ein Zyniker. Okay. Aber seine Katze hatte sieben Leben. Und er auch.

An diesem Abend stellte Doktor Chasseloup fest, dass die Tochter von Doktor Baudoin einen Vornamen hatte. Sie hieß Violaine, und das war bezaubernd.

12
Dienstag, Mittwoch, Donnerstag

Wie an den anderen Abenden brachte die treue Adelaide Violaine die Unterrichtsmitschriften vom Tage. Aber am Dienstag gab es zusätzlich noch einen verschlossenen Umschlag.

»Da er dich nicht anrufen konnte, hat er dir geschrieben«, sagte sie. »Er hat mich gebeten, es zu überbringen.«

»Der Papierkorb steht rechts neben meinem Schreibtisch«, antwortete Violaine und tat, als sei sie sehr an den Notizen ihrer Freundin aus dem Geographieunterricht interessiert.

Adelaide legte den Brief aufs Kopfkissen, sie dachte sich, dass die Neugier schließlich siegen würde. Kaum war sie gegangen, riss Violaine tatsächlich den Umschlag auf und zog ein Blatt Karopapier heraus:

Violaine, ich habe x-mal versucht, Dich anzurufen, und schließlich habe ich Adelaide angerufen, und die hat es mir erklärt. Mir tut leid, was Dir zugestoßen ist, das dachte ich wirklich nicht. Ich frage mich sogar, wie das möglich ist. Aber wenn Du sagst, dass ich es war, dann musst Du das besser wissen als ich. Ich entschuldige mich also. Ich verstehe sehr gut, dass Du es nicht behältst. Du bist zu jung und ich auch, sowieso. Ich hoffe, wir können uns wiedersehen, wenn es Dir bessergeht. Du bedeutest mir viel. Du bist ein tolles Mädchen. Nachts träume ich von dir.
Domi
P.S.: Ich habe eine neue Handynummer.
Hier ist sie: 06 …

Violaine las den Brief mit ungläubig aufgerissenen Augen. Dieser Typ war ja Lichtjahre von ihr entfernt! Er hoffte, sie zu sehen, wenn es ihr bessergehen würde! Sie schnaubte bitter. Dann zerriss sie den Brief und dachte, dass Adelaide, die ihr versprochen hatte, das Geheimnis zu bewahren, sie schließlich verraten hatte.

Am Mittwochmorgen kam ihre Mutter und nahm sie in die Arme, bevor sie ins Labor aufbrach. Ihr Vater steckte ihr ein paar Zeilen auf einer Visitenkarte unter der Tür durch: *Ruf mich ruhig an. Ich mache alles für dich. Papa*

Als Adelaide kam, um Violaine abzuholen, wurde sie kühl empfangen.
»Verraten?«, rief sie. »Nein, jetzt wart doch mal, also wirklich, ich hab dich nicht verraten … Er hat mich mit Fragen bombardiert. Ich kann nicht gut lügen. Außerdem dachte er garantiert, du schläfst schon mit einem anderen … Das hat mich geärgert, ich wollte ihn mit seiner Verantwortung konfrontieren.«
Da Adelaide den Ausdruck klug fand, wiederholte sie: »Ihn mit seiner Verantwortung konfrontieren.«
»Na, das ist dir ja gelungen«, erwiderte Violaine. »Er entschuldigt sich bei mir.«
Dann brüllte sie:
»Ihr kapiert doch wirklich überhaupt nichts, weder er noch du!«
Adelaide wagte nicht zu protestieren, aber tief in ihrem Innern fand sie sich doch schlecht belohnt für ihre Aufopferung. Absolut stumm brachen sie zum Zentrum für Familienplanung auf.

Im Krankenhaus begrüßte Vianney, der gerade eingetroffen war, Annie im Flur.
»Guten Tag! Kommt Mademoiselle Sanchez heute schon wieder?«
Er wunderte sich, da die junge Helena ihm ihre Entscheidung mitgeteilt hatte, ihre Schwangerschaft fortzuführen.

»Ähh, nein«, stammelte Annie, halb belustigt, halb verlegen. »Also, es ist so, heute kommt Madame Sanchez, also ihre ... ihre Mutter. Sie hat einen Termin bei dir. Helena habe ich gestern mit ihrem Freund gesehen. Sie wollte ihn mir vorstellen. Ein großer schöner braungebrannter Kerl. Er ist zwanzig, arbeitet in der Baubranche und ist sehr stolz, bald Papa zu werden. Und ... sie wollen heiraten.«
Schon bei der ersten Begegnung mit Helena hatte Annie begriffen, dass sie sehr verliebt war und das Baby – auch wenn es durchaus ein *Verhütungsunfall* gewesen war – bereits seinen Platz in ihrem Herzen und in ihrem Körper gefunden hatte.
»Und hast du noch mal mit Mademoiselle Baudoin gesprochen?«, fragte Vianney und bemühte sich, so zu wirken, als hätte er damit gar nichts zu tun.
»Wegen der Narkose? Sie will wirklich keine.«
Annie lächelte, als sie an das Gespräch dachte. Sie hatte das junge Mädchen liebgewonnen.
»Sie hat mir gesagt, sie wolle ›wissen, was mit mir geschieht‹. ›Bei Bewusstsein sein‹. Unglaublich, wie sehr sie sich innerhalb von ein paar Tagen entwickelt hat. Ach, übrigens ...«
Sie verstummte und sah zum Wartezimmer.
»Sie ist gerade eingetroffen. Mit der Freundin.«
»Ich gehe in mein Sprechzimmer«, murmelte Chasseloup mit sorgenvollem Gesicht.

Violaine fühlte sich bereit. Am Morgen hatte sie noch einmal das Blatt durchgelesen, das Doktor Chasseloup ihr bei ihrem ersten Gespräch ausgehändigt hatte und auf dem stand:

7. Tag. Sie bestätigen Ihren Wunsch nach einer Schwangerschaftsunterbrechung. Unter ärztlicher Aufsicht nehmen Sie drei Tabletten Mifegyne® ein. Sie erhalten genaue Hinweise, an wen Sie sich wenden können, falls Probleme auftreten. Danach können Sie die Klinik verlassen. Die Gebärmutterblutungen beginnen normalerweise ein oder zwei Tage später.

»Vianney erwartet Sie«, informierte Annie sie.
Violaine stand allein auf. In seinem Sprechzimmer hatte Chasseloup das erforderliche Formular zurechtgelegt. Er begrüßte Violaine, seine Schüchternheit gab ihm etwas Feierliches.
»Hier«, sagte er. »Wenn Sie einverstanden sind, schreiben Sie das Datum hin und unterschreiben.«
Sie las:

Ich, Violaine Baudoin, beantrage hiermit, einen Schwangerschaftsabbruch durchzuführen. Ich bin durch den Arzt eingehend über den Eingriff und die damit verbundenen Risiken aufgeklärt worden und habe nach der Bedenkzeit meine Meinung nicht geändert.

Violaine nahm den Kugelschreiber, den Vianney ihr reichte, vermerkte das Datum und unterschrieb.
»Danke«, murmelte er. »Bleiben Sie auch bei Ihrer Entscheidung, was die Methode angeht?«
»Ja.«
Das Ja war schneidend wie ein Skalpell. Vianney stellte ein Glas Wasser und eine Packung Tabletten auf den Schreibtisch.
»Es sind drei.«
»Sie sind groß.«
»Ziemlich.«
Violaine drückte eine aus der Packung und sah sie mit größerer Aufmerksamkeit an, als sie eigentlich verdiente.
»Wie ist das ... Wenn ich später Kinder haben will ...«
»Das hat keinerlei Auswirkungen«, unterbrach Vianney sie. »Sie sind fruchtbar, und Sie bleiben es. Übrigens werden Sie an Verhütungsmittel denken müssen.«
Sie nickte. Sie hätte ihm gern gesagt, dass Jungen ... Aber gut, sie war da, um die Tabletten einzunehmen.
»Puh, das ist nicht leicht zu schlucken«, sagte sie und fuhr sich mit der Hand an die Kehle.
»Das hören wir oft. Nehmen Sie sich Zeit.«
Sie löste eine zweite Mifegyne®-Tablette aus der Packung und betrachtete sie widerwillig.

»Mein Problem ist, dass die Pille nichts für mich ist. Ich hab den Eindruck, mich zu vergiften.«
»Es gibt die Spirale. Es wird oft behauptet, man könne sie Frauen, die noch keine Kinder bekommen haben, nicht einsetzen. Aber das stimmt nicht.«
»Ich hätte nicht gern so ein Ding im Körper.«
Sie schluckte die zweite Tablette und seufzte. Es war wirklich schwer zu schlucken.
»Es gibt andere Möglichkeiten«, fuhr Vianney fort. »Aber sie sind weniger zuverlässig. Ich sehe leider nicht gerade wenige Schwangerschaften trotz Kondom.«
Violaine behielt die letzte Tablette in der Hand.
»Im Grunde habe ich keine Lust mehr.«
Vianney zuckte zusammen. Würde sie den Eingriff auf halber Strecke aufgeben?
»Keine Lust mehr?«
»Ja. Jungs. Schon vorher hat mich das nicht besonders gereizt. Bei Dominique hab ich Ja gesagt, aber das war mehr, um es wie die anderen zu machen. Sonst ist man nicht normal. Dann wird man als verklemmt abgestempelt.«
Sie schluckte die letzte Tablette.
»Wirklich, das widert mich an. Der Preis ist zu hoch. Den ganzen Ärger haben wir. Den Männern ist das egal!«
Sie sah Chasseloup mit Tränen in den Augen an.

»Das Leben ist doch ungerecht. Alles Schlechte ist auf derselben Seite. Blutungen, Verhütung, Schwangerschaftsabbrüche, Schwangerschaft. Immer wir!«
»Sie vergessen noch manches«, bemerkte Vianney und machte ihren Ton nach: »Die Geburt, das Stillen, die Nächte ohne Schlaf, wenn das Kleine seine Zähne bekommt ...«
Sie musste lachen.
»Nein, das ist gut.«
»Was denn?«
»Das Baby.«
Sie hatte den Eindruck, sie würde einen Faustschlag in die Magengrube bekommen. Sie krümmte sich im Sessel zusammen und verbarg ihr Gesicht in den Händen.
»Was ist los? Haben Sie Schmerzen? Violaine?«
Sollte er aufstehen, zu ihr gehen, sie trösten?
»Das Baaaa ... byyyy ...«, schluchzte sie.
»Eines Tages werden Sie eines bekommen! Wenn Sie jemanden lieben werden, wenn Sie bereit sind.«
Sie richtete den Kopf auf und verschmierte sich mit dem Handrücken die Tränen im Gesicht.
»Ich werde ihn Vianney nennen.«
»Wie bitte?«
»Mein Baby ... Ich habe an Vianney gedacht, weil ...«
Sie schniefte.
»Ich hab den Namen wohl auf ...«

Sie zeichnete ein Rechteck in der Luft. Vianney sah sie ratlos an.

»Aber ja doch!«, rief sie entnervt. »Das Ding da unten am Gebäude. Das Praxisschild. Da steht Vianney drauf, Vianney Chasseloup. Ich hab es wohl registriert, ohne drauf zu achten. Und danach habe ich mir gesagt: Ach, Vianney, das ist doch ein guter Jungenname.«

»Vielleicht bekommen Sie eine Tochter«, sagte er, um aus der Situation herauszukommen.

»Da habe ich keine Idee. Was mögen Sie denn, so als Mädchenname?«

»Ähh, Violaine ist hübsch«, antwortete er, völlig überrumpelt.

»Ja, aber dann heißt es ja so wie ich!«

Chasseloup dachte: Sie mögen *Vianney*, und ich mag *Violaine*. Aber er schwieg.

»Und jetzt ... ist es vorbei?«, fragte sie ihn.

»Es ist vorbei bis Freitag. Sie gehen jetzt nach Hause. Wenn Sie sich in den nächsten Stunden übergeben müssen, dann sollten Sie wiederkommen, um neue Tabletten zu nehmen. In den kommenden Stunden haben Sie vielleicht Schmerzen, die so ähnlich sind wie Regelschmerzen. Und ein paar Blutungen.«

An ihrem leeren Blick sah er, dass sie nicht zuhörte. Sie stand auf, und er tat es ihr nach.

»Nun, auf Wiedersehen, Mademoiselle. Ich werde Frei-

tag nicht da sein. Aber Marjorie wird auf Sie aufpassen.«
Sie schien in ihren Körper zurückzukehren.
»Sie sind nicht da?«
»Ich bin dann in der Rue du Château-des-Rentiers ... Aber ich kann am Spätnachmittag auf einen Sprung herkommen.«
Er würde seine Patienten ausnahmsweise einmal rasch abfertigen.
»Bis Freitag«, sagte sie, als sei es zwischen ihnen ausgemacht.
Sie kehrte zu Adelaide ins Wartezimmer zurück und lächelte ihr zu. Sie war ihr nicht mehr böse. Auf einem Stuhl neben der Heizung saß die Frau, die beim letzten Mal so laut gewesen war. Diesmal hielt sie den Blick auf ihre Schuhe gerichtet und hätte sich am liebsten unsichtbar gemacht.

An diesem Abend war Violaine unfähig, zum Essen aufzustehen.
»Erschöpft«, war der einzige Kommentar ihrer Mutter, als die Familie sich zu Tisch begab.
»Das ist sie doch ständig!«, rief Paul-Louis.
Die anderen, die Bescheid wussten, schwiegen, weil sie vermuteten, sie seien jeweils die Einzigen, die etwas wussten.
Violaine schlief nur sehr wenig. Zur Übelkeit kamen

jetzt Unterleibsschmerzen hinzu, und sie konnte nichts anderes mehr tun, als auf der Seite liegend die Stunden verstreichen zu lassen. Am Morgen gab es einen wahren Aufmarsch in ihrem Zimmer. Ihre Mutter brachte ihr das Frühstück, ihr Vater wagte es kaum, ihr Fragen zu stellen, ihre kleine Schwester legte ihr ihren Teddy aufs Kopfkissen. Violaine dachte, sie könnte endlich in Ruhe leiden, als ihr Bruder seinerseits fertig angezogen und mit dem Ordner unter dem Arm in ihr Zimmer kam.
»Ähh, ich gehe«, sagte er. »Aber ich wollte dir sagen, dass es einen in meiner Klasse gibt, dessen Schwester in der Abiklasse im sprachlichen Zweig ist, aber nicht in deiner. Und seine Schwester kennt ein Mädchen in deiner Klasse, aber nicht Adelaide, die erzählt, dass ein Mädchen aus der Klasse schwanger ist und sie deswegen schon eine Weile fehlt.«
»Ja, und?«, fragte Violaine, nachdem sie mit klopfendem Herzen den einleuchtenden Erläuterungen gefolgt war.
»Nichts weiter. Nur, damit du es weißt.«
Er wandte sich ab und fügte dann, die Hand auf der Türklinke, langsam und deutlich hinzu:
»Wenn dir jemand Ärger macht, sag's mir. Dann macht er dir nicht mehr lang Ärger.«
Armer Pilou! Wie alle anderen Jungs Lichtjahre von allem entfernt …

»Keine Sorge. Montag bin ich in der Schule«, sagte sie, ohne daran zu glauben.
Montag war das Land der Verheißung. Montag war *danach*, nach der Übelkeit, nach den Schmerzen, nach der Angst und nach dem Kummer. So dass man sich fragen konnte, ob es Montag überhaupt gab.

13
Freitag

In ihrem Zimmer las Violaine erneut das Blatt:

9. Tag. Sie kommen wieder ins betreuende Zentrum für Familienplanung. Sie erhalten das Prostaglandin. Sie bleiben mehrere Stunden unter ärztlicher Aufsicht, dann können Sie die Klinik verlassen. Das Abstoßen des Eis erfolgt, während Sie sich im Zentrum befinden oder in den Stunden darauf. Die Blutungen gehen gewöhnlich bis zum Kontrolltermin weiter.

Wieder einmal kam Adelaide, die den Unterricht schwänzte, zu ihr.
»Hast du gesehen, heute ist Freitag, der Dreizehnte!«, sagte sie in fröhlichem Ton, als sie Violaine umarmte.
»Ja und?«
»Das bringt doch Glück!«
»Ich dachte, das brächte Unglück.«

Im Zentrum für Familienplanung konnten sie Annie nicht entdecken, nur Luce, die Schwesternhelferin.
»Annie ist sehr beschäftigt«, sagte Luce. »Ich weiß nicht, was die im Augenblick alle haben!«
Luce war der Ansicht, die Frauen, die das Zentrum aufsuchten, hätten das, was ihnen zugestoßen war, unweigerlich herausgefordert.
»Hat Doktor Chasseloup Ihnen gesagt, dass er vorbeikommen würde?«, erkundigte sich Violaine, die Trost suchte.
»Ich wüsste nicht, warum er an einem Freitag vorbeikommen sollte«, entgegnete Luce. »Er hat Besseres zu tun!«
Sie musterte Adelaide:
»Sind Sie die Begleitung?«
»Ja.«
»Sie brauchen Ihren Nachmittag nicht zu vertrödeln. Es würde mich wundern, wenn Ihre Freundin vor achtzehn Uhr gehen kann. Das Beste wäre also ... Haben Sie Handys?«
Beide nickten, und Luce wandte sich jetzt an Violaine: »Handys sind im Krankenhaus verboten. Aber vom Wartezimmer aus können Sie kurz anrufen, um Ihrer Freundin zu sagen, dass sie Sie abholen kann.«
Das Wort *Freundin* klang in ihrem Mund fast wie eine Beleidigung. Nichts wurde klar benannt, aber das gesamte Verhalten von Luce gab zu verstehen: *Ihr seid*

zwei kleine Mädchen, die es mit Jungs treiben, und die Dümmste von euch hat's erwischt. Adelaide sah Violaine zögernd an:
»Soll ich gehen?«
»Aber ja!«, antwortete Luce an ihrer Stelle. »Es wird ihr nichts zustoßen. Sie brauchen nicht so ein Trara zu machen.«
Die erwachende Weiblichkeit von Violaine weckte in ihr eine dumpfe Rivalität.
»Marjorie! Marjo!«
Die Krankenschwester ging den Flur entlang, und Luce lief, um sie einzuholen.
»Die ist ja unfreundlich, diese Frau«, flüsterte Adelaide. »Aber ich kann bleiben, weißt du.«
Die Krankenschwester von den Antillen näherte sich ihnen mit dem aufgesetzten Lächeln, das sie an alle richtete.
»Alles okay, Mädels? Gut, Violaine, das bist du? Also, dann komm mal mit …«
»Und ich?«, fragte Adelaide.
»Ich hab ihr gesagt, dass sie hier nicht rumtrödeln braucht«, mischte Luce sich ein.
»Sie kann machen, was sie will«, sagte Marjorie. »Aber mir wäre lieber, sie wäre zum Abholen hier.«
Sie bedeutete Violaine, ihr zu folgen, sie war überlastet. Die beiden Freundinnen warfen sich einen langen Blick zu.

Sie kannten sich seit der ersten Klasse. Adelaides Lippen sagten stumm: Ich bleibe.

Violaine betrat einen Raum, den sie nicht kannte.
»So, es liegt auf dem Tisch«, sagte Marjorie. »Da, die beiden Tabletten Cyotec …«
Violaine schluckte sie ohne Kommentar.
»Und jetzt noch die hier«, fuhr Marjorie fort und hielt ihr zwei weitere Tabletten hin. »Das ist gegen die Schmerzen.«
Violaine schluckte.
»Gut, also, der Ruheraum ist nebenan. Ein Dreibettzimmer. Es sind schon zwei andere Personen da. Sie sind aus dem gleichen Grund hier wie du, ja? In der Ecke hast du einen kleinen Waschraum. Es wird ganz schön bluten, hat man dir das gesagt, ja?«
Violaine spürte Panik in sich aufsteigen. Sie nickte.
Sie hörte die Krankenschwester nur noch durch einen Nebel über Schutzmaßnahmen, Wehen, Blutgerinnsel sprechen.
»Es ist deine Sache, den Schmerz einzuschätzen«, schloss Marjorie. »Manche spüren nicht viel, andere sagen, es tut weh wie sehr starke Regelschmerzen oder Koliken. Wenn du Schmerzen hast, rufst du mich, ja? Ich bin nie weit weg. Aber bitte ruf mich auch nicht unnötig, ja?«
Violaine betrat das Zimmer.

»Aller guten Dinge sind drei!«, verkündete Marjorie fröhlich.
Niemand reagierte. Eine Gestalt lag eingehüllt unter einer braunen Decke, unter der der unangenehme Lärm eines auf maximale Lautstärke gestellten MP3-Players hervordrang. In dem anderen Bett lag eine Frau, die seufzend in einer Illustrierten blätterte. Violaine bedauerte es, dass sie nicht ihr Geschichtsheft oder Philosophiebuch mitgebracht hatte, um sich zu beschäftigen. Vier Stunden waren lang. Aber als sie zwanzig Minuten später mit angezogenen Beinen zusammengekrümmt auf dem Krankenhausbett lag, begriff sie, dass sie sowieso nichts hätte tun können.

Vianney dachte an diesem Freitagnachmittag nicht ausdrücklich an Violaine, aber ohne es sich einzugestehen, hatte er seine Patienten ein bisschen hastig abgehandelt.
»Monsieur Bernard?«
Der dicke Mann war der letzte Patient.
»Nun, was ist Ihnen zugestoßen?«
Vianney legte Monsieur Bernard die Hand auf die Schulter.
»Na, Sie hatten mich ja gewarnt. Ich hatte einen Infarkt.«
»Sind Sie mit dem Schrecken davongekommen? Setzen Sie sich.«

Monsieur Bernard versuchte, den Denunziantensessel nicht knarzen zu lassen. Er schien weniger großspurig als beim letzten Mal. Er hatte dem Tod ins Gesicht gesehen.
»Meine Frau ist in heller Aufregung. Ich war noch nicht aus der Klinik, da musste ich schon einen Termin mit Doktor Chasseloup ausmachen.«
Er ahmte seine Frau nach:
»›Er hat dir doch gesagt, du sollst Diät halten. Und die Untersuchungen hast du immer wieder verschoben. Und dies … und das …‹«
Vianney lächelte geduldig. Er hatte gerade einen Blick auf die Uhr geworfen. Siebzehn Uhr fünfundvierzig. Er würde nie pünktlich ins Zentrum für Familienplanung kommen. Er kannte seine alten Patienten gut. Monsieur Bernard würde ihm in allen Details von seinem Herzinfarkt erzählen und ihm sogar noch die Sirene des Krankenwagens vormachen. Um achtzehn Uhr zehn gaben die beiden Männer sich auf der Schwelle der Praxis die Hand.
»Bis zum nächsten Mal, so Gott will!«, sagte der dicke Monsieur Bernard.
»Ob Gott will, weiß ich nicht, aber Ihre Frau ganz bestimmt.« Sie lachten beide. Aber sobald die Tür sich geschlossen hatte, holte Vianney seine Jacke im Sprechzimmer. Auch wenn Violaine sicher wieder gegangen war, so würde er doch sein Glück versuchen.

Als er im Krankenhaus durchs Wartezimmer ging, lief er an einem jungen Mädchen vorbei, dessen Gesicht so grau war wie die Wände und das sich mit halb geschlossenen Augen an die Heizung lehnte.
Er kehrte um:
»Sind Sie nicht eine Freundin von Mademoiselle Baudoin?«
Adelaide schreckte auf:
»Hm? Ähh, ja. Kommt sie gleich raus?«
»Ist sie das noch nicht?«
»Nein. Und ich muss gleich nach Hause. Man hatte mir gesagt, um achtzehn Uhr sei alles vorbei …«
»Einen Augenblick, ich erkundige mich.«
Als er den Flur betrat, tauchte Marjorie am anderen Ende auf. Sie rannte ihm fast entgegen:
»Oh, Vianney, was für ein Glück! Ich hab da eine, der geht es gar nicht gut. Ein brünettes Mädchen, ganz jung, ich weiß nicht, ob du weißt, wer …«
»Violaine«, rief Vianney und packte die Krankenschwester an den Handgelenken, als wollte er sie festnehmen. »Was hat sie?«
»Sie hat eine Blutung.«
Er ließ Marjorie los und lief mit großen Schritten zu den Zimmern, während die Krankenschwester ihn ins Bild setzte:
»Sie hat am Anfang sehr gejammert. Es wirkte, als würde sie nur Theater machen. Ich habe ihr ein Beru-

higungsmittel gegeben. Dann habe ich gesehen, dass sie zu viel Blut verliert.«
»Hast du Annie Bescheid gegeben?«
»Sie war heute Nachmittag die ganze Zeit beschäftigt. Und später ist sie gegangen, ohne dass ich die Zeit hatte, ihr was zu sagen.«
Vianney hörte zwischen den Zeilen, dass man Violaine hatte links liegenlassen, weil man dachte, sie würde *nur Theater* machen.

Im Zimmer war noch ein Bett belegt. Violaine hatte die Augen geschlossen und war so weiß, dass sie nach und nach zu verblassen schien. Vianney kauerte sich ans Kopfende des Bettes.
»Violaine? Was machen Sie denn für Sachen?«
»Ich weiß nicht«, brachte sie leise hervor. »Können Sie meinen Eltern Bescheid geben?«
»Ja, aber es ist nichts Gefährliches …«
Er war in einer schwierigen Lage. Mit einem solchen Notfall war er noch nie konfrontiert gewesen. Er stand auf und gab halblaut ein paar Anweisungen: eine Infusion legen, klären, ob der OP-Raum verfügbar war, dem Anästhesisten Bescheid geben.
Dann lief er im Laufschritt zum Wartezimmer:
»Mademoiselle!«
Adelaide erhob sich mit gefalteten Händen. Sie hatte begriffen, dass etwas nicht stimmte.

»Ich werde Mademoiselle Baudoin operieren müssen. Das ist keine große Sache, fünf Minuten Narkose. Aber ihre Eltern werden sich Sorgen machen. Sie wird heute Abend nicht nach Hause kommen.«
»Ich sag ihnen Bescheid.«
»Danke. Sagen Sie ihnen, dass …«
Er überlegte und zog es vor, es kurz zu machen:
»Sagen Sie ihnen, es ist ein Schwangerschaftsabbruch mit Vollnarkose, und Doktor Dubois operiert. Merken Sie sich das? Doktor Dubois.«

Als sie aus der Narkose erwachte, war die erste Person, die Violaine wahrnahm, Vianney, der sich über sie beugte.
»Es ist alles gutgegangen«, flüsterte er ihr zu.

Sie glaubte, nur kurz die Augen geschlossen zu haben, als sie am nächsten Morgen erwachte. Ihre Mutter war da. Ihr Vater. Das Frühstück auch. Aber sie hing noch am Tropf, war sehr schwach und nicht fähig, sich allein aufzurichten. Man stand ihr bei, man liebkoste sie. Marjorie las ihr jeden Wunsch von den Augen ab, und Luce war verlegen. Annie kam herein.
»So etwas passiert sonst nie. Was für eine Geschichte, meine Arme!«, rief sie und bemächtigte sich der eiskalten Hand von Violaine. »Was für ein Glück, dass Doktor Ch…«

»Dubois!«, unterbrach Violaine sie.
»Nein, Doktor ...«
»Doch. Dubois. Die mich operiert hat«, wiederholte Violaine nachdrücklich und sandte Annie ein stummes SOS.
»Richtig, Dubois«, wiederholte Annie gefügsam. »Doktor Dubois kam in dem Moment vorbei und konnte operieren. Was für ein Glück!«
Doktor Dubois lag in einem anderen Flügel des Krankenhauses im Bett und war selbst gerade operiert worden.
»Ja, ein Glück, ja«, wiederholten Violaines Eltern ernst.
Der Zustand ihrer Tochter erforderte ein paar Stunden Ruhe und Aufsicht. Sie würde das Krankenhaus erst am Abend verlassen, und auch nur, wenn alles gutging. Im Laufe des Vormittags wurden Monsieur und Madame Baudoin von Adelaide abgelöst.
»Was hatte ich für eine Angst!«, sagte sie, als sie ihre Freundin ans Herz drückte.

An diesem Samstagnachmittag begann Vianney seine Sprechstunde im Zentrum mit einer Visite im Zimmer von Violaine.
Er erlaubte es sich nicht, sich auf die Bettkante zu setzen, und nahm einen Stuhl.
»Es ist vorbei«, sagte er. »Schluss. Sie können Ihren

Weg fortsetzen. Zur Schule gehen. Haben Sie noch Schmerzen?«
»Erträglich«, sagte sie schwach. »Wissen Sie, gestern war mir irgendwann nach Sterben.«
Das hatte er sich fast gedacht.
»Aber es ist vorbei«, wiederholte er.
»Was ich gemacht habe, wollte ich nicht. Ich bin gegen so was, gegen ...«
»Hören Sie auf, sich Vorwürfe zu machen! Nichts, was uns zustößt, ist ausschließlich schlecht.«
»Ich hätte Mama sein können«, sagte sie. »Ich weiß, dass ich es gekonnt hätte. Selbst die Übelkeit, die Geburt, alles, ich kann alles ertragen.«
Das war ihre Entdeckung, ihre Gewissheit für die Zukunft.
»Aber ich wollte kein Baby auf diese Weise«, fügte sie hinzu und schüttelte den Kopf.
»Natürlich! Ein Baby muss gewollt und gewünscht werden. Mich ...«
Vianney hielt in seinem Schwung inne. Es war lächerlich, in so einem Moment von sich zu sprechen.
»Sie?«
»Oh, was ich Ihnen sagen werde, ist dumm ... Mich hat man nicht gewollt. Meine Mutter ist schwanger geworden, und ich weiß nicht, warum, jedenfalls hat sie das Kind behalten müssen. Sie hat mich gleich nach der Geburt verlassen und ist verschwunden.«

»Sind Sie adoptiert worden?«
»Nein. Unglücklicherweise hatte ich einen Großvater. Zehn Jahre lang hat er alles an mir ausgelassen.«
»Hat er Sie geschlagen?«
»Es war schlimmer. Man konnte es nicht sehen. Er zwang mich, widerliche Dinge zu essen, und behauptete, ich würde das mögen. Er hat mir eingeredet, ich hätte meine Mutter bei meiner Geburt vertrieben. Alle bewunderten meinen Großvater, weil er mich aufzog. Und ich habe nicht begriffen, warum ich ihn hasste. Ich habe lange Zeit geglaubt, ich wäre böse.«
»O nein, Sie doch nicht!«, rief Violaine. »Das kann man sich bei Ihnen doch gar nicht vorstellen ...«
Sie zögerte, bevor sie ihm gestand:
»Wissen Sie, an was Sie mich erinnern? Es ist ein bisschen seltsam ... Ich hoffe, Sie verstehen es nicht als Beleidigung?«
Er lächelte auf seine Art.
»Ich finde, Sie ähneln einem Esel. Das machen Ihre Augen! Und ... und das längliche Gesicht ...«
»Mmmja«, bemerkte er unschlüssig. »Eigentlich mag ich Esel sehr. Und Sie?«
»Esel sind meine Lieblingstiere.«
»Das ist ja schon mal was«, tröstete sich Vianney.

Nachdem Doktor Chasseloup gegangen war, versank Violaine in einem behaglichen Schlaf, wie sie ihn noch

nie erlebt hatte. Sie träumte. Vianney erschien in diesem Traum, er trug einen Schlafanzug. Er war im Garten der Baudoins in Deauville und sagte zu Violaine: »Pflanzen Sie einen Baum, mein Liebling. Esel lieben Bäume.«
Als Violaine erwachte, stellte sie fest, dass sie keine Schmerzen mehr hatte. Oder nur noch ganz wenig. Die Übelkeit war verflogen. Sie war erlöst. Sie legte die Hände auf den Bauch und nahm sich vor, im Garten ihres Vaters einen Baum zu pflanzen.

14
Violaine wird romantisch

Jean und Stéphanie durchquerten schweigend den Hof des Krankenhauses. Stéphanie dachte beklommen daran, dass es traurig sei, das Leben als junge Frau so zu beginnen wie Violaine. Jean sagte sich erleichtert: Gut, das war also der Einschlag. Hart, aber sie wird es überstehen.
»Wenn ich jetzt diesen Idioten vor mir hätte, der für das alles verantwortlich ist«, sagte er dann laut, »dann bekäme der sicher eins in die Fresse von mir.«
»Es gehören immer zwei dazu«, erinnerte ihn Stéphanie. »Violaine ist auch verantwortlich. Und in gewisser Weise wir auch …«
Er warf ihr einen Blick von der Seite zu und prüfte das verminte Gelände. Vielleicht war nicht alles zwischen ihnen beiden geklärt.
»Gut«, sagte er, »ich gehe jetzt zu meinen lieben Patienten.«

Er lief rasch die Rue du Château-des-Rentiers entlang und fand sie steiler als gewöhnlich. Er keuchte. Je mehr Leben verstreicht, desto mehr Last hat man zu schleppen. Als er das Gebäude betrat, erkannte er von hinten den jungen Mann, der summend auf den Fahrstuhl wartete.
»Guten Tag, Chasseloup.«
»Oh, guten Tag, Doktor ... ähh ...«
Vianney räusperte sich. Er tötete Jean den letzten Nerv mit seinem Gesicht eines geprügelten Hundes, der aber gleichzeitig selbstzufrieden und froh war, diesen Beruf auszuüben, in dem er nie Erfolg haben würde.
»Na, ist das Leben schön?«, fragte er ihn grimmig und brüsk, als sie im Fahrstuhl standen.
Vianney schreckte auf:
»Oh ... ja, ja, das ... Und für Sie auch, hoffe ich?«
Jean schnaubte:
»Nach der Darmgrippe haben wir jetzt die Nasenschleimhautentzündungen. Da ist ja genug zu tun im Augenblick.«
Vianney erwiderte nichts.
»Guten Tag, die Herren!«, begrüßte Josie sie.
Aber ihr Lächeln schenkte sie nur Vianney, den sie letzten Endes doch nett fand.
»Also, was kriegen wir heute Vormittag ab?«, erkundigte sich Doktor Baudoin und sah in den Terminka-

lender. »Einmal Hautausschlag, einmal Migräne und einmal Krampfadern. Na prima.«
Sein Beruf widerte ihn an. Er machte nicht einmal mehr einen Hehl daraus.
Er ging und ließ Chasseloup und Josie zurück, die sich einen bestürzten Blick zuwarfen.
In seinem Sprechzimmer ließ Jean sich in den Sessel sinken und hörte sich selbst murmeln:
»Ich kann nicht mehr.«
Beim Verlassen des Krankenhauses hatte er geglaubt, die Wolke würde sich auflösen, die Gefahr sei vorüber. Aber nein, sie war noch da, hing über seinem Kopf. Er verzog das Gesicht, rieb sich die Brust und fuhr sich dann mit der Hand an die Kehle. Das ist Beklemmung im Reinzustand, sagte er sich. Er würde sich den Angstlösern zuwenden müssen.

»Sollen wir nach Deauville fahren?«, schlug Stéphanie ihm nach dem Abendessen vor.
Es war schon vorgekommen, dass sie in der Nacht zu ihrer Villa gerast waren, um am Morgen am Meer aufzuwachen.
»Kilometerweit mit der Karre durch den Regen fahren – ist das alles, was dir einfällt? Und übrigens, wozu nutzt uns diese Bruchbude?«
»Bruchbude?«
»Wir haben uns zu Tode geschuftet, um sie zu bezah-

len. Wer nutzt sie, abgesehen von den Möwen, die auf das Dach scheißen?«

»Also, du wirst wirklich unausstehlich!«, rief Stéphanie mit Tränen in der Stimme.

Jean wusste, dass er zu weit ging. Aber ein Satz zog den nächsten nach sich. Er hatte sich nicht mehr unter Kontrolle.

»Entschuldige«, murmelte er. »Mir geht's nicht gut.«

»Mir auch nicht.«

Jean hatte das Gefühl, er bekomme einen elektrischen Schlag.

»Was hast du?«

»Vielleicht ist ja gar nichts. Ich habe Freitag eine Mammographie machen lassen, und die radiologische Praxis hat mich angerufen, ich soll Montag noch mal kommen.«

»Warum?«

»Eine der Aufnahmen ist wohl nicht ganz deutlich.«

Jean begriff, warum die Angst nicht nachgelassen hatte. In Wahrheit war der Einschlag noch nicht erfolgt. Der Satz des Radiologen steckte voller Bedrohungen. *Ein nicht ganz deutliches Bild* – genau diesen Ausdruck hätte er selbst einer Patientin gegenüber benutzt, um sie schonend auf schlechte Nachrichten vorzubereiten.

In dieser Nacht nahm Jean seine Frau in die Arme und ließ sie so deutlich begreifen, dass er sie noch immer liebte, dass Stéphanie sich am Montagmorgen bereit fühlte, es mit allen Radiologenpraxen der Welt aufzunehmen.

»Verlange, dass du sofort die Ergebnisse bekommst, hm?«, flüsterte er ihr ins Ohr.

»Mach dir keine Sorgen.«

Die Kinder merkten nichts.

Stéphanie fuhr Mirabelle in die Schule, Paul-Louis lief mit Sixtus ins Gymnasium, und Violaine schlief unter ihrer Decke wieder ein.

Gegen elf klingelte das Telefon bei Doktor Baudoin. Ihm wurde heiß und kalt.

»Entschuldigen Sie«, sagte er zu seiner Patientin.

»Ich verbinde Sie mit Madame Sol«, sagte Josie mit ihrer unwirschsten Stimme.

»Ja, danke.«

Zwei Sekunden Wartezeit, dann:

»Jean? Da ist nichts.«

»Nichts?«

»Sie haben noch mal eine Aufnahme gemacht. Da ist nichts.«

»Sicher?«

»Sicher.«

»Bis heute Abend.«

Er nahm sich Zeit, um den Hörer aufzulegen und sich dann wieder seiner Patientin zuzuwenden.

»Seit wann haben Sie diesen Juckreiz?«, fragte er und unterdrückte das Bedürfnis, in Tränen auszubrechen, so erleichtert war er.
»Es ist nicht wirklich Juckreiz, es brennt eher.«
Violaine ist gerettet, Stéphanie ist gerettet, rekapitulierte Jean. Mirabelle und Paul-Louis geht es gut.
»Kribbelt es oder krabbelt es?«, fragte er plötzlich und machte dabei die tiefe Stimme von Louis Jouvet nach. Die Dame kannte den Film *Knock* mit Louis Jouvet, aber der Scherz kränkte sie.
»Wenn ich Ihnen lästig bin«, sagte sie verkniffen, »sagen Sie es mir bitte.«
Jean drückte ihr die doppelte Dosis an Medikamenten und Untersuchungen auf. Dann folgte ununterbrochen ein Patient auf den nächsten, und bis einundzwanzig Uhr wurde das Wartezimmer nicht leerer. Genauso war es an den folgenden Tagen, an denen zu den Nasen- und Rachenschleimhautentzündungen noch Halsentzündungen und asthmatische Bronchitis hinzukamen.

Als Jean am Donnerstagabend aus der Praxis kam und, noch im Mantel, in Violaines Zimmer Licht sah, klopfte er an der Tür.
»Kommst du jetzt erst nach Hause?«
Zum ersten Mal fiel ihr auf, was für ein hartes Leben ihr Vater führte.

»Wie geht es dir?«, fragte er und wagte es nicht einzutreten.

Dieses hübsche Zimmer mit den strohfarbenen Wänden, das Rattanbett, das warm-goldene Licht und seine Tochter, die sich in die Kissen drückte ... Er war fast eingeschüchtert.

»Morgen gehe ich wieder in die Schule.«

»Glaubst du?«

Er hatte Angst um sie, er hätte sie am liebsten bis ans Ende aller Zeiten beschützt.

»Ich habe keine Lust, mein Abijahr nicht hinzukriegen, ich habe so schon genug Sachen nicht hingekriegt.«

Sie hatte leicht die Stirn gerunzelt, als ob sie sich selbst ausschimpfen würde. Jean betrachtete sie, insgeheim bezaubert. Hinter dem Kind kam die Frau zum Vorschein. Glücklich, wer sich in sie verlieben würde!

»Gute Nacht, mein Schatz.«

»Du siehst müde aus, mein lieber Papa.«

Am nächsten Morgen begriff Violaine in der Zehn-Uhr-Pause, dass ihre Geschichte in der Schule bereits die Runde gemacht hatte. Die Mädchen beobachteten sie von weitem. Misstrauisch. War Violaine noch eine von ihnen? Die Jungen deuteten unbestimmt ein Lächeln an, warfen Blicke auf ihre Brüste. Adelaide blieb immer an ihrer Seite, wie ein Leibwächter. Sie wusste, dass alles von ihr und diesem dummen Telefonat ausgegangen war, bei dem sie geglaubt hatte, Dominique *mit seiner Verantwortung zu konfrontieren*. Es würde Violaine übrigens ziemlich schwerfallen, dem Jungen das ganze Jahr aus dem Weg zu gehen. Er besuchte die Vorbereitungsklasse für die Elitehochschulen, und sie riskierte, ihm in einem Flur oder auf der Treppe zu begegnen.

In einem Fach nach dem anderen merkte Violaine, dass die Lehrer, die versuchten, ihr nach der langen Abwesenheit wieder auf die Beine zu helfen, verkrampft oder liebevoll mit ihr redeten. Sie selbst entschied sich für eine kühl-würdevolle Haltung. Und zu jeder Stunde des Tages rief sie sich die Nacht ihrer Gelübde in Erinnerung.

Die Nacht war jetzt ihr Reich. Ins warme Bett gekuschelt, dachte sie sich Liebschaften aus, sie lernte einen Mann kennen, er liebte sie, sie ließ ihn leiden, warten. Er betrog sie, kam aber bezwungen zurück. Der erste Kuss ließ sie vollständig erglühen, sie hatte Angst, mit ihm allein zu sein. Würde sie die Kraft haben, ihm zu widerstehen? Sie musste es, um ihn zu zwingen, mit ihr Schluss zu machen. Denn er war nicht frei, er hatte eine Geliebte, die in ihm lasterhafte Neigungen geweckt hatte (Violaine liebte diesen Ausdruck). Er war zügellos (noch ein Wort, das einem

Herzklopfen bereiten konnte), aber sie würde ihn auf den rechten Weg bringen können. Sie nannte ihn Serge, Valentin, Nils, je nach Nacht, meistens aber Vianney. Wenn sie schließlich einschlief, hatte sie noch immer nicht nachgegeben.

Samstagabend fand Sixtus' Nobelparty statt. Paul-Louis hatte sich von oben bis unten gewaltig auf Hochglanz gebracht und funkelte wie eine neue Euro-Münze.
»Mit der Krawatte ist er ein richtiger Mann«, bemerkte Mirabelle. »Nur in klein.«
Monsieur und Madame Baudoin lachten über diese Bemerkung, und Pilou zuckte mit der Schulter. Er ähnelte Jean. Als verkleinertes Modell. Nachdem er in Begleitung von Sixtus die Wohnung verlassen hatte, sahen seine Eltern sich selbstzufrieden an.
Als Jean gegen dreiundzwanzig Uhr gerade eingeschlafen war, glaubte er seinen Wecker klingeln zu hören, dann merkte er, dass es das Telefon neben ihm war.
»Mmmmmjabitte?«
»Doktor Baudoin? Es tut mir leid, Sie zu stören, hier ist Madame Beaulieu de Lassalle. Wir haben ein kleines Problem mit Paul-Louis.«
Pilou, sein Junge. Es würde also nie aufhören! Die beklemmende Schlinge zog sich enger zusammen.

»Es hat eine ... eine Rangelei gegeben, und ihr Sohn ist hintenübergefallen. Er ist gegen einen Stuhl geprallt ...«
»Ist er ohnmächtig geworden?«
»Nein ... nicht richtig.«
Jean spürte, dass er unnötig Zeit vertrödeln würde, wenn er ihr alle Informationen aus der Nase zog.
»Ich komme. Bewegen Sie ihn nicht.«
Als er es Stéphanie sagte, wollte sie ihren Mann begleiten.
»Nein, bleib bei den Mädchen. Falls nötig, bringe ich ihn ins Krankenhaus. Und ich rufe dich an.«
Im Auto bedauerte er, kein Blaulicht benutzen zu dürfen. Trotzdem überfuhr er zwei rote Ampeln und wurde wahrscheinlich einmal geblitzt.
»Wirklich, das ist mir sehr unangenehm, Doktor Baudoin ...«
Madame Beaulieu de Lassalle nahm einen höchst betrübten Tonfall an, während sie ganz Dame von Welt blieb.
»Er hat eine dicke Beule, das ist sicher. Ansonsten ... also ... phantasiert er ein bisschen. Sicherlich der Schock.«
Jean gab sich nicht die geringste Mühe, höflich zu sein. Er ging geradewegs zu seinem Jungen. Man hatte ihn weit vom Partylärm entfernt im Halbdunkel auf die Seite gelegt. Sein Vater machte die Deckenlampe

an, lockerte ihm den Gürtel und die Krawatte, tastete ihm den Schädel ab, während er ihn ansprach:
»Paul-Louis, hallo, Pilou, hörst du mich?«
Der Junge gab ein langes Stöhnen von sich. Jean kniete sich ans Kopfende des Bettes und redete weiter mit ihm:
»Antworte mir! Hast du Schmerzen?«
Ein unbestimmtes Kollern entrang sich Paul-Louis' Kehle. Sein Vater beugte sich ein wenig weiter über ihn:
»Hast du getrunken?«
»Nnnnein.«
Jean erhob sich, strich sich mit der flachen Hand über die Hose, dann wandte er sich an die Gastgeberin:
»Er ist betrunken.«
»O nein, das ist unmöglich«, antwortete sie sehr selbstsicher. »Ich habe nicht mal beim Champagner eingewilligt. Es gibt nur Cidre.«
»Haben Sie in den Zimmern nachgesehen? Bestimmt haben sie in Sixtus' Zimmer Wodka gebunkert.«
Madame Beaulieu de Lassalle bekam vor Verwunderung runde Augen.
»Und was war das für eine Rangelei?«
Die Mutter von Sixtus und Adelaide blickte wie eine große Dame drein, die diese Welt nicht mehr versteht.
»Oh, das habe ich nicht begriffen. Jungsgeschichten, wissen Sie … Sicher wegen eines jungen Mädchens.«

Jean bückte sich erneut, nahm seinen Sohn in die Arme und richtete ihn mit dem *Hau...ruck!* eines Holzfällers auf. Schwer, der kleine Mann.

»Oh, mein Gott, Doktor Baudoin, Sie werden sich weh tun. Warten Sie, ich rufe einen der Kellner, damit er ihnen hilft.«

»Lassen Sie mich in Frieden, seien Sie so nett!«, antwortete Doktor Baudoin und ging.

Die Aussprache erfolgte am Morgen, als Paul-Louis seinen Rausch ausgeschlafen hatte.

»Bist du stolz auf dich? Du hast dir einen hübschen Ruf eingehandelt«, tadelte ihn sein Vater ungehalten. »Du kannst dich damit abfinden, dass du bei solchen Abenden für immer von der Gästeliste gestrichen bist. Was ist nur in dich gefahren? Hast du dich betrunken und dann geprügelt?«

Der Junge fuhr sich mit der Hand an die Stirn. Er hatte den Eindruck, sein Kopf würde platzen.

»Hast du dich geprügelt?«, wiederholte sein Vater erbarmungslos.

»Jaaa«, jammerte Paul-Louis. »Da war ein Typ ... ein Typ bei dem Fest ... Dominique, der mit Violaine zusammen war, weißt du, wen ich meine?«

Der Blick von Doktor Baudoin wurde neugierig und intensiv.

»Ja, ich denke schon.«

»Er hat mit was geprahlt … mit was wegen Violaine.«
Der Anstand untersagte es Pilou, mehr zu sagen. Er war nur auf MSN unanständig.
»Und dann?«, ermunterte ihn sein Vater.
»Also … Sixtus hat das gehört und ist dann zu mir, um es mir zu erzählen. Ich war im Zimmer, ich hatte ein … ein bisschen getrunken, verstehst du, was ich meine?«
»Ich denke schon«, erwiderte Doktor Baudoin.
Man hätte meinen können, er würde die Wand mit Blicken durchbohren.
»Ich habe Dominique in der Menge gesucht«, fuhr Paul-Louis fort, dessen Stimme kräftiger wurde, je genauer er die Szene wieder vor sich sah. »Ich habe ihm gesagt: ›Man redet nicht schlecht über meine Schwester‹ und habe ihm die Faust in die Fresse gehauen. Aber das hat mich aus dem Gleichgewicht gebracht, und ich bin nach hinten gefallen.«
Er bedauerte nichts. Ganz im Gegenteil, mit der fröhlichen Unerbittlichkeit seines Vaters fügte er hinzu:
»Ich habe ihn Blut pinkeln lassen. Aber so richtig.«
»Sehr gut«, bemerkte Jean im selben Ton.

15
Violaine trifft Vorkehrungen

Doktor Baudoin nutzte eine Pause zwischen dreizehn Uhr und dreizehn Uhr fünfzehn, holte diverse Spezialitäten des Labors Ferrier aus seinem Medikamentenschrank und breitete sie auf seinem Schreibtisch aus:
Urbaloft, Lexopac, Zonax, Deropram, Seromil ... Das reine Glück.
Jean sah sich jede einzelne Schachtel der Angstlöser an und verzog das Gesicht. Wie die meisten seiner Kollegen behandelte er sich nie selbst, war er doch unbewusst der Ansicht, dass er als Arzt davor gefeit war, krank zu werden oder gar zu sterben. In letzter Zeit jedoch hatte er das Gefühl, ein Elefant habe sich auf seiner Brust niedergelassen, und das wurde allmählich unangenehm. Er schluckte zwei Lexopac.

»Das Einzige, was mir wirklich helfen würde, wäre ein Urlaub«, erklärte er am Abend seiner Frau. »Aber komm mir nicht mit Deauville! Ich brauche Sonne.« Sie standen beide in der Küche, sie machte das Abendessen, und er sah ihr dabei mit verschränkten Armen zu. Violaine ging zwischen Küche und Esszimmer hin und her, denn sie deckte den Tisch. Seit neuestem half sie im Haushalt, ohne dass sie dazu aufgefordert werden musste.
»Na, dann fahren wir Weihnachten doch nach Tunesien«, schlug Stéphanie vor.
»Du träumst wohl! Und was mach ich in der Zeit mit meinen Patienten? Du weißt doch, dass sie sich an Weihnachten mit Vorliebe die Hand mit dem Austernmesser durchbohren, in der Mitternachtsmesse holt sich Opa in der Zugluft den Tod, und am nächsten Morgen verschluckt der Kleinste Legos, die sein Bruder gerade ausgepackt hat. Ich kann sie keine zwei Minuten allein lassen, ohne dass sie Blödsinn machen.«
Violaine schüttelte sich vor Lachen, während sie Messer und Gabeln aus einer Schublade holte. Sie hielt es für richtig, sich in das Gespräch einzumischen:
»Aber Papa, du hast doch einen Praxiskollegen. Ich dachte, du hättest ihn dir gesucht, um dich zu entlasten.«
»Das sollte er ja auch, mein Schatz. Das Problem ist nur, dass Chasseloup unfähig ist.«

Violaine wandte rasch das Gesicht ab und verbarg ihr Erröten hinter ihrem langen Haar.

»Er verwechselt den Beruf des Arztes mit dem des Beichtvaters«, fuhr Jean fort, glücklich, seinen Ärger an jemand anderem auslassen zu können. »Er braucht eine halbe Stunde, um Augentropfen zu verschreiben! Gerade heute mit Madame Clayeux: eine Dreiviertelstunde! Und wozu? Völlig umsonst. Sie hat Alzheimer. Man muss nur eine Einrichtung finden, die sich um sie kümmert. Aber der Herr spielt den Gutmenschen, und mein Wartezimmer wird nicht leerer.«

Er stieß heftig die Besteckschublade zu, die Violaine offen gelassen hatte.

»Ich muss mir einen anderen suchen«, schloss er.

Nun hatte jedoch der Held, den Violaine nachts in ihrem Bett traf, seit ein paar Nächten manchmal längliche dunkle Augen, war häufig Arzt und hieß immer Vianney.

»Erinnerst du dich an den Arzt im Zentrum für Familienplanung?«

Violaine und Adelaide tranken gemeinsam einen Kaffee gegenüber der Schule.

»Vianney?«

Violaine nickte.

»Ich hab es dir nicht gesagt, aber er ist der Kollege von Papa.«

»Das wusste ich«, antwortete Adelaide. »Von Annie. Ich habe gehört, wie sie von ›Doktor Chasseloup‹ gesprochen hat.«

Violaine zögerte, bevor sie sich ins kalte Wasser stürzte:

»Was hältst du von …«

»Annie? Nur Gutes.«

»Hör auf!«

Sie lachten beide.

»Du weißt, was ich von ihm halte«, erinnerte Adelaide sie. »Ich finde, er sieht gutmütig aus.«

Violaine senkte den Blick auf ihre Tasse.

»Das macht mir zu schaffen, weil Papa sagt, er sei unfähig.«

»Unfähig! Aber er hat dir das Leben gerettet.«

»Das weiß Papa nicht.«

»Weil du es ihm nicht sagen wolltest.«

»Es war mir peinlich.«

Sie rührte mit dem Löffel in ihrem Kaffee ohne Zucker. Dann berichtete sie ihrer Freundin von der Kritik ihres Vaters:

»Er findet, Vianney ist zu langsam. Er nimmt sich zu viel Zeit für jeden Patienten. Man müsste … man müsste ihn warnen.«

»Wovor?«

»Davor, dass mein Vater ihn rauswerfen wird, wenn er nicht schneller macht. Ich müsste mit ihm reden.«

Die beiden Mädchen flüsterten über ihre Kaffeetassen hinweg.
»Du kannst versuchen, ihn im Krankenhaus abzupassen.«
»O nein, da setz ich nie wieder einen Fuß rein.«
»Oder du gehst in die Praxis von deinem Vater?«
»Unmöglich, mein Vater würde mich sehen! Nein, ich habe eine andere Idee. Ich besuche ihn ... bei ihm zu Hause.«
Adelaide blieb der Mund offen stehen.
»Was? Was habe ich gesagt?«, fragte Violaine nervös.
»Nein, nichts. Weißt du denn, wo er wohnt?«
»Nein, er steht nicht im Telefonbuch. Aber Annie muss es wissen. Ich ruf sie im Zentrum an und frag sie.«
»Sag ihr am besten, du willst ihm einen Dankesbrief schicken«, schlug Adelaide vor.
»Oder ein kleines Geschenk.«
Adelaide zückte als Erste ihr Handy.
»Rufst du an?«
»Ja, also nein. Nicht jetzt.«
»Fang nicht wieder damit an. Ja ist ja. Nein ist nein.«
»Okay. Gib her.«
Sie wählte die Nummer des Zentrums und hatte rasch Annie am Apparat.
»Violaine! Schön, dass sie anrufen. Na, wie geht es?«
»Sehr gut, Annie, ich danke Ihnen ...«

Adelaide bedeutete ihr, zum Thema zu kommen.
»... und bei der Gelegenheit wollte ich auch Via... Doktor Chasseloup danken. Ich wollte ihm einen Brief schicken.«
Geschenk, artikulierte Adelaide stumm.
»Oder ein kleines Geschenk. Aber dabei ist mir eingefallen, dass ... mmmhh ... ich seine Adresse nicht habe.«
»Sie brauchen es nur an das Zentrum zu Händen von Doktor Chasseloup zu schicken«, antwortete Annie. »Dann kommt es auch sicher bei ihm an, machen Sie sich keine Sorgen.«
»Ja, also nein«, mühte sich Violaine. »Ich würde ihm lieber nach Hause schreiben.«
Annie gab nie die Privatadresse eines Arztes an Patienten heraus.
»Bitte, Annie ...«
Sie hatte zunächst nicht begriffen, aber angesichts des flehenden Tons von Violaine verstand sie, was Sache war.
»Gut, aber Sie machen keine Dummheiten, nicht?«
Als Antwort lachte Violaine, und ein paar Sekunden später gab sie Adelaide das Telefon zurück:
»*I've got it!*«
Blieb nur noch zu klären, was aus diesem ersten Sieg gemacht werden sollte.

Die beiden Mädchen arbeiteten sorgfältig ihren Schlachtplan aus. Chasseloup wohnte nicht weit entfernt von einem Café. Am Sonntag gegen fünfzehn Uhr schlugen sie dort ihr Hauptquartier auf.
»Ich klingle, dann gehe ich rauf«, sagte Violaine. »Wenn ich nach einer Viertelstunde nicht zurück bin, klingelst du auch und kommst nach.«
Adelaide wurde genauer:
»Ich warte eine Viertelstunde ab dem Moment, wo du geklingelt hast?«
»Sagen wir, zwanzig Minuten.«
Der Unterschied zwischen zwanzig Minuten und einer Viertelstunde schien Violaine plötzlich gewaltig.
»Nein, eine Viertelstunde.«
»Also, entscheidest du dich? Sind siebzehn Minuten recht?«
Sie lachten nervös.
»Vielleicht ist er ja gar nicht da«, sagte Adelaide.
»Sogar ganz bestimmt nicht. An einem Sonntag.«
»Und wenn er ein Mädchen zu Besuch hat?«
Violaine geriet bei dem Gedanken, der Held ihrer Nächte könnte unanständig sein (bevor er durch ihren Charme versklavt würde), in Verwirrung.
»Dann komm ich früher zurück.«

Vianney war zu Hause und in seligem Unwissen dessen, was sich um ihn herum zusammenbraute. Er hatte die Tochter von Doktor Baudoin nicht vergessen, aber da seine Tage sehr ausgefüllt waren, kam die Erinnerung nur abends beim Einschlafen. Weil er nicht einen Funken Phantasie hatte, machte er sie nicht zur Favoritin in seinem Harem und nicht zu der fernen Dame, die ihm das Herz brach. Er versuchte nur, das reizende Gesicht wiederzusehen, dessen Züge nach und nach verblassten.

Der Sonntag zog sich dahin. Vormittags Joggen. Nachmittags Lesen und Musikhören in Gesellschaft seiner Katze. Als es läutete, erstarrte er zur Salzsäule. Tonne sauste unter den Armsessel, um sich zu verstecken. Seit Vianney dort wohnte, war die Türklingel nur zweimal zu hören gewesen, als der Briefträger kam. Nun gibt es aber keinen Sonntagsbriefträger.

»Das muss ein Irrtum sein«, kommentierte Vianney.

Trotzdem ging er zur Gegensprechanlage:

»Ja, bitte? Sie wünschen?«

Da das Verb wünschen nur die Antwort *Doktor Chasseloup* nach sich ziehen konnte, sagte Violaine ziemlich knapp:

»Hier ist Violaine Baudoin.«

Vianney machte ihr eilig auf, in der Überzeugung, es sei gerade eine Katastrophe passiert. Die Praxis stand in Flammen oder Josie Molette war nach zwanzig Jahren als ergebene Sprechstundenhilfe durchgedreht und hatte Doktor Baudoin aus dem Fenster geschmis-

sen. Höchst besorgt empfing er Violaine auf der Türschwelle.
»Was ist passiert?«
»Nichts.«
Sie starrten sich an, als würden sie sich nicht kennen. Violaine war so aufgeregt, dass sie feindselig wirkte.
»Kommen Sie rein ...«
Vianney hatte Angst, seine Katze könnte ins Treppenhaus entwischen. In Wirklichkeit drückte die mutige Tonne sich unter dem Sessel flach auf den Boden und wartete, wie es weiterging.
Vianneys Wohnung bestand aus zwei Räumen, einem Wohnzimmer, in dem er auch aß und arbeitete, und einem Schlafzimmer.
»Ist das Ihr Zuhause?«, fragte Violaine und sah sich vorsichtig um.
»Ja, das ... das ist mein Zuhause.«
Man hätte es sich denken können. Es herrschte Schweigen, und Violaine fiel ein, dass sie nur eine Viertelstunde zum Handeln hatte.
»Ja, also, ich wollte Ihnen danken.«
»Mir danken?«
»Für das, was Sie für mich getan haben.«
»Oh ... meine Pflicht als Arzt.«
Sie schienen einen Dialog aufzusagen, den ein anderer geschrieben hatte, jemand, dem es an Phantasie gefehlt hatte.

»Und außerdem wollte ich Sie warnen.«
»Mich warnen?«
»Ja, weil … weil mein Vater findet, dass Sie zu viel Zeit mit jedem Patienten verbringen und das Wartezimmer dadurch nicht leerer wird. Na, jedenfalls nicht schnell genug.«
Sie schien sich nicht bewusst zu sein, wie unpassend ihre Erklärung war.
»Hat Ihr Vater Sie damit beauftragt?«
Sie wurde unsicher.
»Nein, nein! Ich habe gehört, wie er … wie er das sagte. Und ich dachte … ich wollte …«
Vianney schüttelte den Kopf.
Er konnte sich nicht rechtfertigen, ohne Doktor Baudoin zu kritisieren. Er zog es daher vor, nicht zu antworten. Doch Violaine kam ein bisschen näher.
»Ich fand, das ist nicht gerecht. Er weiß nicht, was Sie für mich getan haben. Aber ich, ich weiß, dass Sie nicht völlig unfähig sind.«
Er zuckte schmerzlich zusammen.
»Hat er das über mich gesagt?«
»Ja, also nein …«
Sie wusste nicht mehr, woran sie war. Mein Gott, wie lang eine Viertelstunde ist!
»Hören Sie, Mademoiselle, Ihr Vorstoß geschieht vielleicht aus guter Absicht … Ich bin mir dessen sogar sicher«, verbesserte er sich. »Aber zwischen Ihrem Va-

ter und mir gibt es ein Missverständnis, und mir wäre es lieber, Sie würden sich nicht einmischen.«
»Wissen Sie denn, dass er den Praxiskollegen wechseln will – können Sie sich das vorstellen?«
Vianney konnte sich nur eines vorstellen, das aber seit langem: still zu leiden.
»Warum machen Sie bei Ihren Patientengesprächen nicht schneller?«, drängte ihn Violaine. »Papa braucht nur zehn Minuten pro Patient!«
Das war mehr, als Vianney aushalten konnte.
»Violaine, jeder übt den Arztberuf aus, wie er es für richtig hält. Doktor Baudoin …«
Er hielt inne.
Er wusste jetzt, was er über seinen eleganten Kollegen dachte. Violaine hatte gerade unauffällig einen Blick auf ihre Uhr geworfen. Wie kurz eine Viertelstunde ist!
»Was wollten Sie über meinen Vater sagen?«, fragte sie hochmütig.
»Ich will Doktor Baudoin, der so liebenswürdig war, mir die Beteiligung an seiner Praxis anzubieten, keinerlei Vorwürfe machen. Es ist in der Tat möglich, dass ich ihm nicht zusage.«
»Oooooooh!«, rief Violaine in dem Moment und riss die Augen auf.
Sie beobachtete etwas, was sich hinter Vianney befand.
»Ist diiie süß!«

Sie ging in die Hocke und lockte Tonne, während sie auf dem Teppich kratzte und murmelte: »Miau … miau …«

»Vorsicht!«, rief Vianney aufgeregt. »Sie ist unberechenbar. Ich habe Angst, dass sie … nein!«

Tonne hatte sich Violaine genähert und war Vianney, der dazwischengehen wollte, ausgewichen.

»Ihr fehlt ein Stück Ohr. Und ihr Schwanz! Mein armer Liebling …«

Unter Vianneys entsetztem Blick streichelte das Mädchen die Katze.

»Du bist eine liebe Katze … Eine gute, liebe Katze. Ja, hast du dich geprügelt, du garstiger Kerl?«

Schnurr, machte Tonne.

So ein blödes Vieh!, dachte Vianney. Sie kann schnurren! Violaine richtete sich entzückt auf, während die Katze zwischen ihren Beinen umherstrich und sich an ihr rieb.

»Wie heißt sie?«

Vianney war es ein wenig unangenehm, gestehen zu müssen:

»To… Tonne.«

Sie lachte.

»Sie sind ja komisch … Ähh … Entschuldigen Sie …«

Sie zog einen Gegenstand aus ihrer Jeans, den Vianney zunächst für eine Puderdose hielt, und klappte ihn auf.

»Ich muss jemandem Bescheid geben ...«

Sie tippte eine SMS für Adelaide: *Komm nicht.*

»So«, sagte sie und klappte entschlossen den Deckel ihres Handys zu. »Sie leben also ganz allein. Also, nur mit Tonne?«

Ihre Augen, ihr Lächeln, ihr Körper wurden selbstsicherer. Vianney, der sich mit einer Pobacke auf den Tisch gesetzt hatte, wirkte kleiner. Er schlenkerte unentschlossen mit einem Bein.

»Ich bin ganz allein, ja.«

»Was ... Was denken Sie über mich?«

»Über Sie? Dass Sie sehr hübsch sind, meinen Sie das?«

Sie machte eine kleine Bewegung mit den Schultern, die bedeutete: Das sieht ja jeder. Er kehrte die Situation um:

»Und Sie, was denken Sie über mich?«

»Ich weiß nicht ... Sie sehen gutmütig aus.«

Violaine verfluchte Adelaide, die ihr diesen Ausdruck eingeflüstert hatte.

»Ein Gesicht wie ein Esel?«, fragte er. »Das passt zu einem, der völlig unfähig ist ...«

Seine Augen lachten.

»Sind Sie verärgert?«

»Wirke ich so?«

Violaine spürte, wie sie dahinschmolz. So geduldig, so gut, mit einer Spur Schalk. Er war unwiderstehlich.

»Entschuldigen Sie ...«

Sie öffnete noch einmal ihr Handy und tippte auf der Tastatur herum: *Komm.* Jetzt befürchtete sie nichts mehr, da sie Vorkehrungen getroffen hatte. Sie kam ganz nahe an Vianney heran, berührte ihn fast.

»Ich würde Sie gern etwas fragen ... Könnten Sie sich wirklich nicht ein bisschen bemühen? Ich weiß, dass mein Vater sehr nerven kann. Aber zerstreiten Sie sich nicht mit ihm ...«

Sie sagte ihm noch mehr Sätze, vermutlich alles nette Sätze. Doch er hörte nichts, er spürte seinen Körper ganz nah bei ihrem. Sein Herz schlug mit den Flügeln wie ein verwundeter Vogel, der es nicht schafft davonzufliegen.

»Ach, es klingelt«, sagte Violaine.

Sie ging, drückte den Knopf an der Gegensprechanlage und machte auf, als sei sie bei sich zu Hause. Vianney war noch ganz benommen und sah sie fragend an.

»Das ist meine Freundin. Adelaide. Wir waren verabredet.«

»Ach ja.«

Er schien nicht einmal überrascht. Aber kraftlos. Es blieben ihnen nur noch ein paar Sekunden allein. Wer von den beiden tat den ersten Schritt? Sie nahmen sich bei der Hand, dann umschlangen sie sich, dann drückten sie sich sehr fest aneinander. Und Violaine stieß Vianney zurück. Als Herrin der Lage.

»Auf Wiedersehen«, sagte sie.
Adelaide stand schon vor der Tür, sie hatte keine Gelegenheit zu klingeln. Violaine packte sie im Vorbeigehen am Arm:
»Gehen wir.«
Vianney musste hinter ihnen die Tür zumachen und lehnte sich dann einen Moment dagegen.

In diesem Augenblick wurde ihm seine Einsamkeit bewusst. Niemand, mit dem er reden konnte. Niemand, dem er sich anvertrauen konnte. Er löste sich von der Tür. Aber doch, natürlich, es gab jemanden! Er suchte in seinem Adressbuch. A, B, C, D. Drumont. Professor Michel Drumont.
»Michel? ... Ja, hier ist Vianney. Du erkennst immer noch meine Stimme! Doch, doch, es geht. Ich wollte dir nur sagen ... Michel, mir passiert gerade was Merkwürdiges. Ich glaube, ich bin verliebt ... Du lachst? Aber ja, das musste mir ja irgendwann passieren.«

16
Noch ein Patient für Chasseloup

Jean ging es noch genauso schlecht. Und doch futterte er einiges an Lexopac. Aber inzwischen hatte er keinen Elefanten mehr auf der Brust, sondern einen Diplodocus. Die Tage vergingen, die Nächte vergingen, Jean erstickte. Ich bekomme noch eine Depression, sagte er sich.
»Das ist Überarbeitung«, diagnostizierte Stéphanie. »Vereinbare weniger Termine.«
»Das geht doch nicht! Das ist doch alles eine einzige große Maschinerie.« Er hatte die Praxis am Hals, seine luxuriöse Wohnung, die Villa in Deauville, eine Sprechstundenhilfe, zwei Putzfrauen, einen Gärtner, Ratenzahlungen, Steuern, Abgaben, Rechnungen.
»Ich bin eine einzige Geldmaschine.«
Er stand halb ausgezogen im Schlafzimmer. Seine Frau lag im Bett, las und seufzte.
»Ja, okay, ich störe. Danke für die Erinnerung.«

»Das ist es nicht, Jean. Ich weiß nur nicht mehr, was ich dir sagen soll. Du hast wunderbare Kinder, wir haben ein gutes Auskommen …«

»Was soll das denn bitte schön heißen, ›ein gutes Auskommen‹?«, rief er und breitete die Arme aus wie am Kreuz. »Ich häufe Gegenstände an, Häuser, Autos, technische Spielereien, Lacoste-Pullis! Was mache ich damit? Nichts. Ich verbrauche, ich werfe weg, ich verbrauche, ich werfe weg. Mein Leben ist ein Müllwagen.«

Stéphanie schüttelte machtlos den Kopf. Er redete Unsinn, er stellte alles auf den Kopf. Dann bat er um Entschuldigung.

»Entschuldige bitte«, brummte er und zog seine Hose aus.

»Du solltest dir Hilfe holen.«

»Bei einem Arzt?«, fragte er ironisch.

»Bei einem Psychiater«, antwortete Stéphanie deutlich. »Ich weiß nicht mehr, wer mir neulich von Professor Drumont erzählt hat. Anscheinend ist er sehr gut.«

»Ich habe kein Vertrauen in diese Leute«, sagte Jean und legte sich ins Bett.

»Sind dir deine Tabletten lieber?«

»Mir ist es lieber, ich schlafe.«

Er schloss die Augen. Stéphanie legte ihr Buch auf den Nachttisch und machte die Lampe aus. Plötzlich in der Dunkelheit:

»Mach wieder an.«
»Mmm?«
»Mach wieder an. Ich habe Angst.«
Das Licht ging wieder an.
»Was ist los?«, fragte Stéphanie beunruhigt. »Tut es dir irgendwo weh?«
»Ich habe Angst. Mir wird etwas zustoßen.«
»Tut dir irgendwas weh?«, wiederholte seine Frau.
»Nein. Es ist unbestimmt. Es ist ein Gefühl von …«
Er richtete sich auf und schnappte nach Luft wie ein Taucher, der an die Wasseroberfläche zurückkommt.
»Hör mal. Ich war nicht immer anständig. Zu dir, Stéphanie.«
»Das sind doch alte Geschichten! Warum fängst du damit an? Ich habe das vergessen …«
»Ich nicht. Wegen dem, was Violaine passiert ist, habe ich wieder daran gedacht.«
»Diese Geschichte hat dich aufgewühlt. Mich auch. Ich habe gedacht: Ich bin eine schlechte Mutter …«
»Nein, das habe ich überhaupt nicht gedacht, ich bin ein guter Vater. Nun, also … leidlich. Ich rede von dem Typen hier.«
Er schlug sich gegen die Brust und verzog das Gesicht.
»Und Schluss. Mach aus.«
Er legte sich wieder hin, wandte ihr den Rücken zu und gab bis zum Morgen kein Lebenszeichen mehr von sich.

Vianney seinerseits schwebte. Er war verliebt. Dieser Zustand war derart unverhofft, derart neu, dass er ihm vollauf genügte. Er, der zehnmal am Tag sagte: *Was kann ich für Sie tun?*, würde nun etwas für sich tun können. Sie hieß Violaine, er wollte sie. Er kam noch nicht auf die Idee, es ihr zu sagen, aber er tat alles, was in seiner Macht stand, um sie nicht zu verlieren. In der Praxis in der Rue du Château-des-Rentiers lief er auf Zehenspitzen, unauffällig, effizient (so weit seine alten Patienten es ihm erlaubten), und er tat alles, um seinem furchterregenden Kollegen aus dem Weg zu gehen. Es war ein Katz-und-Maus-Spiel. Jean lauerte auf ihn, öffnete manchmal die Tür seines Sprechzimmers, wenn er glaubte, ihn im Flur vorübergehen zu hören. Wenn er morgens eintraf, fragte er Josie:

»Ist er da?«

»Noch nicht.«

Und abends:

»Ist er da?«

»Schon gegangen.«

Eines Freitags gelang es ihm, ihn auf dem Treppenabsatz festzunageln.

»Ach, Chasseloup!«

Der junge Mann warf ihm seinen anrührendsten Eselsblick zu.

»Ich möchte mit Ihnen reden. Können Sie darauf verzichten, morgen um dreizehn Uhr zu verschwinden, wie Sie es gewöhnlich tun?«

Vianney wagte nicht, ihm zu erwidern, dass er jeden Samstag im Zentrum für Familienplanung erwartet wurde.

»Einverstanden, Doktor … ähh …«

An diesem Abend kam Jean früh und gut gelaunt nach Hause. Vielleicht hatte die Aussicht, bald mit Chasseloup abzurechnen, etwas damit zu tun? Er erzählte beim Abendessen ein paar erheiternde medizinische Anekdoten, und seine Kinder mussten mehrmals herzlich lachen.

»Bin ich nicht witzig?«, fragte er abends im Schlafzimmer.

Er spitzte den Mund, um den mondänen Ton von Madame Beaulieu de Lassalle nachzumachen:

»Was für ein reizender Mann, dieser Doktor Baudoin!«

Seine Frau warf ihm einen ratlosen Blick zu. Er entglitt ihr immer mehr.

»Stéphanie«, sagte er plötzlich, »ich habe nachgedacht.«

Was kommt denn jetzt noch!, dachte sie.

»Ich will diese Mauscheleien zwischen meiner Praxis und deinem Labor nicht mehr.«

»Wie?«

»Spiel nicht die Naive. Ich mache dir keine Vorwürfe.

Ich nehme alle Schuld auf mich. Die Hälfte der Patienten, die ich zu dir schicke, braucht nicht die geringste Untersuchung.«
Es herrschte bleierne Stille.
»Mach, wie du denkst«, sagte sie schließlich.

Am Samstagvormittag hatte Josie Molette frei, und Doktor Baudoin warf ihrem leeren Stuhl ein Lächeln zu. Nach seinem Geständnis ging es ihm besser. Er fühlte sich leichter. Selbst die endlose Reihe der Patienten schien ihm weniger beschwerlich.
Gegenüber einem alten, alten Herrn, der schwer nach Sargnagel roch, ging ihm der Gedanke durch den Kopf: ein Patient für Chasseloup. Aber mehr auch nicht.
Als er gegen halb eins die Tür zum Wartezimmer öffnete, war er angenehm überrascht, die anmutige Madame Bonnard dort zu sehen. Er strahlte sie mit seinem Charmeurslächeln an:
»Treten Sie ein, Madame Bonnard …«
Sie errötete und murmelte dann etwas verwirrt:
»Ich … Ich habe einen Termin bei Doktor Chasseloup.«
Er blieb unerschütterlich und wandte sich einer Person zu, die er noch nie gesehen hatte:
»Dann sind sicherlich Sie an der Reihe, Madame?«
In ihm tobte zerstörerische Wut. Wie hatte Chasse-

loup es angestellt, ihm auch noch Madame Bonnard zu stehlen? Tief in den Sessel gedrückt, äußerlich scheinbar entspannt, presste er krampfhaft die Hände zusammen.

Er würde ihn zermalmen.

»Mein Arzt hat mir also gesagt, ich solle es machen, aber ich dachte, es wäre besser, ich würde einen zweiten Arzt um seine Meinung fragen. Was meinen Sie, soll ich es tun oder nicht?«

»Natürlich«, antwortete Jean, der nicht zuhörte.

»Muss man es machen?«

»Ganz richtig.«

Innerlich dachte er: Ich pack ihn am Kragen, sobald Madame Bonnard draußen ist!

»Gut«, fuhr die Frau fort, »ich brauchte Gewissheit. Aber ... soll ich es jetzt machen oder hat das bis zu den Ferien Zeit?«

»Jetzt«, antwortete Doktor Baudoin umso entschlossener, als er nicht wusste, wovon die Rede war.

Begeistert ging die Frau wieder. Da man es würde machen müssen, würde sie es machen. Ohne weiteres Zögern. Auf Wiedersehen, Herr Doktor!

Jean ging wieder einmal die Tür zum Wartezimmer öffnen. Der Raum war leer, aber Madame Bonnard war noch immer im Gespräch mit Vianney. Allein der Gedanke daran ließ Wut in ihm aufsteigen. Hätte Chasseloup ihn bis in den hintersten Winkel seines

Selbstwertgefühls zerstören wollen, hätte er es nicht besser anstellen können. Endlich hörte er Stimmen im Flur, dann hörte er Madame Bonnard lachen. Chasseloup brachte Madame Bonnard zum Lachen!
Die Eingangstür schlug zu. Im selben Augenblick spürte Jean, wie ihn große Schwäche an Leib und Seele überkam. Würde er gegen Vianney kämpfen können? Vielleicht hätte er darauf verzichtet, wenn Chasseloup nicht an seine Tür geklopft hätte.
»Ja, bitte!«
Er richtete sich auf, die Wut peitschte ihn erneut. Mit zögernden Schritten trat Vianney ein.
»Sie wollten mich sprechen, Doktor ... ähh ...«
»Wie können Sie es wagen ... Schämen Sie sich nicht?«, stammelte Jean und ging auf ihn zu.
Vianney wich einen Schritt zurück.
»Madame Bonnard ... die gerade gegangen ist ... sie ist meine Patientin ... seit Jahren ...«
Jean schnappte nach Luft. Vor Wut oder vor Beklemmung. Er war sehr blass. Ein starker Schmerz erfüllte ihn, aber er nahm ihn noch nicht deutlich war. Es war wie der dumpfe Lärm einer nahenden Katastrophe.
»Das ist Patientenabwerbung ... Nach ... Nach Bonpié ... und dem anderen, dem anderen ... Dingsbums ...«
Der Name Lespelette fiel ihm nicht ein. Er kämpfte noch stärker gegen sich selbst als gegen Chasseloup.

»Sie täuschen sich«, rechtfertigte sich Vianney. »Ich habe Madame Bonnard im Zentrum für Familienplanung beraten. Sie haben sie zu mir geschickt … natürlich unwissentlich.«
Jeans Gesichtsfarbe wechselte von Weiß nach Grau.
»Was? Sie sind im Zentrum für …«
Er packte Vianney am Kragen, aber man hätte glauben können, er klammere sich an ihn, um nicht zu stürzen.
»Regen Sie sich nicht auf«, flehte Vianney ihn an. »Das ist Zufall. Ich kann nichts dafür. Ich hätte Ihnen vielleicht sagen sollen, dass ich Samstagnachmittag im Krankenhaus war, um …«
»Violaine«, murmelte Baudoin.
Nichts wurde zwischen den beiden Männern ausgesprochen, aber der betrübte Blick von Vianney verriet ihn.
»Sie Dreckskerl! Sie Dreckskerl!«
Vianney glaubte, sein Kollege würde ihn schlagen.
»Ich bitte Sie, Doktor Boudin …«
Jeans Augen weiteten sich. Doktor *was*? *Bourdin*? Aber er hatte keine Gelegenheit, die Frage zu stellen. Ein entsetzlicher Schmerz ließ ihn die Hände ans Herz pressen. Weder ein Elefant noch ein Diplodocus. Jean wollte *Infarkt* sagen, aber seine Kiefer steckten wie in einem Schraubstock und ließen sich nicht mehr öffnen. Nur seine Augen sandten Vianney ein Notsignal.

Der junge Mann hielt ihn an den Armen zurück, als er zusammenbrach. Vianney wurde mitgezogen, aber es gelang ihm immerhin, den Sturz zu dämpfen. Er stand sofort auf, lief zum Medikamentenschrank, fand Trinispray vom Labor Ferrier, schob Doktor Baudoin das Mundstück zwischen die blutleeren Lippen und verabreichte ihm mehrere Dosen Trinitrin. Dann zog er sein Handy hervor und wählte den Notruf. Während er, das Telefon zwischen Schulter und Ohr geklemmt, dem Rettungsdienst die Situation erklärte, löste er Jeans Krawattenknoten, öffnete seinen Gürtel, brach eine Morphin-Ampulle auf, verabreichte ihm eine Spritze und redete dazwischen mit ruhiger Stimme zu ihm:

»Halten Sie durch, Doktor Baudoin, ich bin da. Ja, hallo? Ja, Rue du Château-des-Rentiers, im vierten Stock. Der Notarzt kommt gleich, Jean … Ja, in der Arztpraxis. Sehr gut, ich erwarte Sie. Zehn Minuten, okay. Sie kommen, Jean.«

Er merkte, dass Doktor Baudoin gerade bewusstlos geworden war. Das Herz, das Herz wurde schwächer, und Vianney versuchte, es wieder in Schwung zu bringen, indem er sehr kräftig auf den Brustkorb drückte. Drücken, loslassen, vierzigmal pro Minute. Er riss ihm das Hemd auf, um sich Mann gegen Mann mit dem Tod zu prügeln. Drücken, loslassen, auf das Risiko hin, ihm den Brustkorb zu brechen.

Der Atem, der Atem ging langsamer. Vianney wechselte künstliche Beatmung und Herzmassage ab. Fünf Minuten, zehn Minuten. Vianney verließen allmählich die Kräfte, aber er hatte den Eindruck, das Herz würde wieder zu schlagen beginnen. Als er hörte, wie es klingelte, stürzte er zur Eingangstür. Der Rettungsdienst traf ein, Sanitäter, Trage, Notarzt. Der Wettlauf mit der Zeit begann. Spritze. Infusion. Jean war nur noch ein hin und her geworfener, verpackter, transportierter Leib. Transportiert Richtung Intensivstation. Vianney begleitete die Sanitäter zum Krankenwagen.
»Gibt es Familienangehörige zu benachrichtigen?«, fragte einer von ihnen.
»Ich kümmere mich darum«, antwortete Vianney.
Er wusste, wo Doktor Baudoin wohnte. Dort lebte auch Violaine. Was würde er ihr sagen, wenn er ihr gegenüberstehen würde? Sie hatte ihn gebeten, sich nicht mit ihrem Vater zu überwerfen … Vianney fühlte sich sehr unglücklich, unglücklich, Baudoin Boudin genannt zu haben, unglücklich darüber, seine Wut ausgelöst zu haben, indem er einen Termin mit Madame Bonnard ausmachte. War er für den Infarkt verantwortlich? Der musste seit einiger Zeit wie Feuer unter der Asche geschwelt haben. Aber wenn er Violaine die Szene so erzählen würde, wie sie sich abgespielt hatte, wie würde das junge Mädchen reagieren?

Doktor Baudoins Kinder waren an diesem Samstagnachmittag zu Hause, jeder in seinem Zimmer. Mirabelle war in *Schweinchenland*, Paul-Louis chattete mit Sixtus über MSN, Violaine hatte das Telefon ans Ohr geklemmt und diskutierte mit Adelaide eine entscheidende Frage: War Vianney Chasseloup schön? Sie hörte die Türklingel, war aber der Ansicht, sie sei zu beschäftigt, um zu öffnen. Paul-Louis dachte dasselbe. Es war also Mirabelle, die ziemlich verärgert ihre Schweinchen auf Stand-by schalten musste.
»Wer ist daaaa?«, rief sie mit ihrer dünnen hellen Stimme in den Hörer der Gegensprechanlage.
»Doktor Chasseloup.«
»Wer?«
»Chasseloup, der ... Kollege von eurem Papa«, antwortete Vianney, der erriet, mit wem er es zu tun hatte.
»Papa ist nicht da.«
»Ich weiß. Aber ich würde gern mit eurer Mama sprechen.«
»Die ist nicht da.«
»Bist du ganz allein?«
»Nein, Violaine ist da und mein Bruder.«
»Könntest du mir aufmachen? Ich würde gern mit ihnen reden.«
Mirabelle gehorchte und rannte zu ihren älteren Geschwistern, um ihnen die unglaubliche Nachricht zu überbringen: Unten stand Chasseloup!

»Ist das der Depp, der mit Papa arbeitet?«, fragte Paul-Louis Violaine.
Sie begnügte sich damit, die Lippen zusammenzupressen und auf die Ankunft des Fahrstuhls zu warten.
»Guten Tag ... Entschuldigen Sie, dass ich einfach so auftauche. Ich dachte, das ist besser, als anzurufen.«
Doktor Baudoins Kinder traten zur Seite, um Vianney eintreten zu lassen. Er musterte sie rasch. Paul-Louis ähnelte sehr seinem Vater, Mirabelle hatte noch das rundliche Gesichtchen kleiner Kinder, aber man konnte an ihr bereits die feinen Züge ihrer älteren Schwester erahnen. Alle drei sahen ihn an, schienen neugierig und verwundert, aber noch nicht besorgt. Er nahm sich die Zeit, sie anzulächeln.
»Ihr Vater schickt mich. Er hatte einen Schwächeanfall in der Praxis und musste ins Krankenhaus gebracht werden.«
»Einen Schwächeanfall?«, wiederholte Paul-Louis. »Was für einen ...«
»Einen Herzanfall. Aber es geht, es ist nicht sehr schlimm ... Ich müsste nur Madame Baudoin Bescheid sagen.«
»Labor Sol«, sagte Paul-Louis. »Kommen Sie ...«
Sie gingen ins Wohnzimmer, und der Junge rief seine Mutter an. In derlei Situationen war sein Mangel an Emotionen wirklich von großem Nutzen.

»Mama? Monsieur Chasseloup ist hier, ja, zu Hause. Papa hatte einen Herzanfall … aber leicht. Okay. Ich geb ihn dir.«

Er reichte den Hörer Vianney, der sich auf Stéphanies drängende Fragen hin präziser und auch beunruhigender äußern musste. Als er Pilou das Telefon zurückgab, sah er, dass die kleine Mirabelle sich an ihre Schwester gedrückt hatte und am Daumen lutschte. Er versuchte noch einmal, sie zu beruhigen, verzichtete aber darauf, von der Auseinandersetzung zu erzählen. Wenn Doktor Baudoin davonkam, wäre immer noch Zeit, darüber zu sprechen. Vianney, der wie jeden Samstag im Zentrum für Familienplanung erwartet wurde, verließ die Wohnung der Baudoins, ohne es zu wagen, einen Blick des Einverständnisses mit dem jungen Mädchen zu wechseln.

Als Stéphanie nach ihrem Besuch im Krankenhaus nach Hause kam, traf sie jedes Kind in seinem Zimmer an. Paul-Louis surfte auf allen medizinischen Internetseiten, die sich mit Infarkten beschäftigten, Mirabelle zeichnete für ihren Papa schöne Schweinchen auf ein Blatt, Violaine lag auf dem Bett und träumte von einem Arzt, der Doktor Baudoin retten würde. Stéphanie überbrachte keine guten Nachrichten. Sie hatte nicht zu ihrem Mann gedurft. Man hatte von Elektroschocks gesprochen.

Paul-Louis tippte *Infarkt + Elektroschock* bei Google

ein und erhielt die folgende Auskunft: *Bei einem Patienten mit Herz- und Atemstillstand muss Defibrillation (äußere Anwendung von Stromstößen) die erste Maßnahme sein; eine Defibrillation kann bereits ausreichen, den Patienten zu retten.*

In diesem Augenblick entdeckte Paul-Louis, der so gut wie gar nichts begriffen hatte, seine Berufung. Er würde Notarzt werden.

17
Man muss schließlich
zum Ende kommen

Jean war nur noch ein Korken, der auf den Wellen tanzte, manchmal auf den Wellenkämmen, manchmal in den Tälern, ähnlich dem Verlauf des Elektrokardiogramms auf dem Kontrollbildschirm. Er hing am Tropf, war an Handgelenken, an Knöcheln und Brust mit Elektroden verbunden und spürte nichts mehr, der Schmerz hatte sich im Morphin aufgelöst. Bisweilen war ihm das Treiben um ihn herum bewusst, aber er sorgte sich nicht um das Ballett von Kitteln und weißen oder grünen Hauben. Er wusste, dass gekommen war, was er gefürchtet hatte, und dass er sich jetzt ausruhen konnte.
»Der Blutdruck!«, rief eine Stimme.
Der sackte ab. Ich sterbe, dachte Doktor Baudoin.
Als Vianney in die Notaufnahme konnte, teilte man ihm mit, dass man drei elektrische Schocks gebraucht habe, um Jeans Herz wieder zum Schlagen zu brin-

gen, und man eilig eine Herzkatheteruntersuchung durchführen würde, um zu versuchen, die Arterie frei zu bekommen. Die Prognose war sehr zurückhaltend. Als Vianney sich im Flur entfernte, hörte er, wie ihn jemand rief: »Doktor Chasseloup!«
Er brauchte ein paar Sekunden, bis er die Frau von Doktor Baudoin erkannte, der er nur einmal kurz in der Praxis begegnet war. Er schüttelte ihr die Hand, dann berührte er sachte ihre Schultern.
»Ich bin untröstlich.«
»Sagen Sie mir, wie es passiert ist. Sie waren da?«
»Ähh, ja …«
Und Vianney log. Da ein Infarkt manchmal wie ein Blitz aus heiterem Himmel kommt, unterließ er es, ihr von ihrer Auseinandersetzung zu erzählen. Doktor Baudoin sei *einfach so* vor ihm zusammengebrochen. Dafür beschrieb er jedoch ausführlich alle Anstrengungen, die er unternommen hatte, um seinen Kollegen zu retten, während er auf die Rettungskräfte wartete. Er erhoffte sich naiv, sie würde es Violaine weitererzählen.
»Danke, danke, Vianney. Sie erlauben doch, dass ich Sie so nenne?«
Sie brach in Schluchzen aus.
Er drückte sie an sich, tröstete sie und versuchte dabei, nicht zu denken, dass er ihre Tochter gerne genauso getröstet hätte.

Am Sonntagnachmittag erhielt Vianney zu Hause einen Anruf von Stéphanie, die ihn informierte, dass Doktor Baudoin erfolgreich operiert worden sei, aber unter ständiger Aufsicht auf der Intensivstation bleibe. Am Montag musste Vianney die Patienten seines Kollegen zusätzlich zu seinen eigenen behandeln, während Josie Molette versuchte, die weniger dringenden Termine zu verschieben. Um neun Uhr abends kam er völlig fertig aus seinem Sprechzimmer und sah Josie noch immer auf ihrem Posten.
»Sind Sie noch nicht gegangen?«
»Ich kann Sie in diesem Elend doch nicht alleinlassen, Doktor Chasseloup.«
»Das ist sehr lieb von Ihnen. Und wenn Sie mir noch mehr Freude machen möchten, nennen Sie mich Vianney.«
Josie bekam richtig Herzklopfen. Endlich jemand, der sie wie einen Menschen behandelte!
»Danke, Vianney.«

In den Tagen darauf telefonierte Madame Baudoin regelmäßig mit Josie, um sie über den neuesten Stand zu informieren: Ihr Mann sei davongekommen ... Ihr Mann sei nicht mehr auf der Intensivstation ... Ihr Mann könne Besuch empfangen ... Aber es war die Rede von einer langen Rekonvaleszenz in einem Erholungsheim für Herzkranke.

Die ganze Last der Praxis ruhte nun auf Vianneys Schultern – all die Bergerons, Bernards, Bonnards, Bonpiés, Clayeux, Genests, Lespelettes, Pézards, Rambuteaus, Sanchez, Swans und wie sie alle hießen! Wenn Vianney nicht mehr nachkam, verwies Josie den Patienten an den ärztlichen Notdienst. Vianney kam um zweiundzwanzig Uhr nach Hause. Er hatte gerade noch die Kraft, seiner Katze ihr Futter zu geben, rasch sein eigenes runterzuschlingen und ins Bett zu fallen.
»Sie sollten das Sprechzimmer von Doktor Baudoin nutzen, das ist ein bisschen bequemer«, schlug Josie ihm am Ende der Woche vor.
Er zuckte erschreckt zurück. Das wäre, als würde er seinem Kollegen den Gnadenstoß geben, nachdem er ihn in den Infarkt getrieben hatte. Denn je mehr die Zeit verging, desto stärker fühlte Vianney sich schuldig. Er war übrigens davon überzeugt, dass Doktor Baudoin seiner Frau und Violaine erzählt hatte, was geschehen war. Nie wieder würde er es wagen, das junge Mädchen anzusprechen. So ging seine erste Liebesgeschichte in die Binsen.

Am Samstag derselben Woche wurde Vianney direkt von Madame Baudoin angerufen:
»Doktor Chasseloup?«
Der junge Mann registrierte sofort, dass sie ihn nicht mehr beim Vornamen nannte.

»Mein Mann würde Sie gern im Krankenhaus sehen. Er darf sich nicht anstrengen ... aber ich denke, er möchte gern wissen, wie es in der Praxis läuft.«
»Wir ... wir werden bestimmt Patienten verlieren«, stammelte Vianney.
»Das ist nicht so wichtig. Aber malen Sie die Situation nicht allzu schwarz ... Man hat mir geraten, ihm jeden Ärger zu ersparen.«
Vianney versprach, am nächsten Tag vorbeizugehen, Sonntagnachmittag. Er brannte nicht gerade darauf, Doktor Baudoin gegenüberzustehen. Er fragte sich, ob er ihm Blumen oder ein Buch mitbringen solle. Am Ende stopfte er allen möglichen Papierkram, mit dem Josie sich herumplagte, in die Tasche. So hatte er ein Gesprächsthema, wenn es denn ein Gespräch gab.
»Ja?«
Er hörte Stéphanies Stimme, die ihn aufforderte, in Zimmer 217 einzutreten. Vianney ermahnte sich ein letztes Mal, bevor er die Schwelle überschritt: *Was immer er sagt, nenn ihn nicht Boudin!*
»Ach, da kommt Superman!«, empfing ihn Jean. »Na, es sieht so aus, als hätten Sie mir das Leben gerettet?«
Vianney wurde bleich. Violaine war im Zimmer. Er murmelte:
»Guten Tag, die Damen, guten Tag, Doktor ... ähh ...«

Noch nie hatte er unbeholfener gewirkt.

»Sie können mich Jean nennen«, sagte Doktor Baudoin. »Eine Herzmassage verbindet.«

In seiner Stimme lag friedlicher Spott. Vianney sah ihn erstaunt an. So kränklich er selbst in seinem langen schwarzen Mantel, mit struppigem Haar, blassem Gesicht und tiefliegenden Augen wirkte, so jung und ausgeruht wirkte Jean. Vielleicht ein bisschen abgemagert.

»Sie scheinen entspannt«, beglückwünschte Vianney ihn.

»Vollkommen entspannt, mein Lieber. Die haben mich mit Betablockern vollgepumpt … Sie kennen meine Tochter, glaube ich?«, fügte er mit seiner gewohnten Boshaftigkeit hinzu.

Violaine musterte aufmerksam den Ärmel ihres Pullis und zog ihn lang, um ihre Hand zu verbergen.

»Nein, nein«, stotterte Vianney.

»Doch«, widersprach sie ganz leise.

»Werden Sie sich einig«, bemerkte Jean. »Ja oder nein?«

»Ja«, antwortete Violaine und interessierte sich weiter sehr für ihren Ärmel. »Monsieur Chasseloup ist zu uns gekommen, um uns über deinen Schwächeanfall zu informieren …«

»Ach ja, stimmt, in der Tat«, stammelte Vianney erleichtert.

Aus der Tiefe seines Bettes schlug Jean daraufhin seinen weltmännischsten Ton an:
»Darf ich die Damen bitten hinauszugehen? Ich habe mit meinem geschätzten Kollegen ein paar Kleinigkeiten wegen unserer Patienten zu besprechen. Danke, dass du gekommen bist, Violaine. Stéphanie, wartest du, bis ich mit Vianney fertig bin, oder gehst du nach Hause?«
»Ich werde warten.«
Violaine nahm ihre Daunenjacke über den Arm und ging so nahe an Vianney vorbei, dass sie ihn streifte. Ihre Blicke begegneten sich genau in dem Moment, als sie das Zimmer verließ. Vianney hatte jetzt die Gewissheit, dass Doktor Baudoin nichts von den Umständen des Herzinfarkts erzählt hatte.
»Legen Sie Ihren Mantel ab, Vianney, setzen Sie sich«, befahl Jean ihm liebenswürdig. »Nein, nicht auf den Stuhl. Da, neben mich. Ich habe Sie etwas sehr Vertrauliches zu fragen.«
Vianney setzte sich, noch immer verunsichert, auf die Bettkante.
»Und jetzt erzählen Sie mir ...«
Jean machte eine Pause.
»... warum Sie mich ... *Boudin* genannt haben. Warum *Blutwurst*?«
»Oh, das ist eine lange Geschichte!«
»Ich liebe Geschichten.«

»Sie ist wirklich nicht lustig.«
»Umso besser.«
Unmöglich, sich zu entziehen. Seufzend begann Vianney.
»Ich war noch sehr klein ...«
Er versuchte, sich kurz zu fassen, umso mehr, als Jean den Kopf auf das große Kopfkissen gestützt und dann die Augen geschlossen hatte.
»Schlafen Sie?«, flüsterte Vianney.
»Nein ... Ihre Geschichte ist keine, die einschläfernd wirkt.«
Er öffnete wieder die Augen.
»Danke, dass Sie sie mir erzählt haben. Ich glaube, ich bin ein bisschen müde, Vianney. Sie besuchen mich bald wieder, nicht wahr?«
»Sehr gern. Aber ... eines würde ich Ihnen gerne noch sagen.«

Zehn Minuten später verließ Vianney das Zimmer 217. Er sah Stéphanie mit verschränkten Armen am Ende des Flurs stehen.
»Er erwartet Sie«, sagte Vianney ihr.
»Wie geht's ihm?«, erkundigte sich Stéphanie, als würde sie ein ärztliches Bulletin erbitten.
»Klasse!«
Mit fast tänzelnden Schritten entfernte er sich, verfolgt von Madame Baudoins irritiertem Blick.

Zimmer 217. Jean schien wieder eingeschlafen zu sein. Stéphanie ging auf Zehenspitzen zum Fenster und lehnte nachdenklich den Kopf an die Scheibe. Es hatte geschneit. Es sah hübsch aus, die Bäume und die Motorhauben der Autos waren in Schnee gehüllt. Auf dem breiten Weg zum Krankenhaus herrschte ein Kommen und Gehen von Menschen, die durchgefroren waren und es eilig hatten. Stéphanie erkannte Vianney in seinem langen schwarzen Mantel, der das Krankenhaus verließ und dabei von Stufe zu Stufe hüpfte. Sie folgte ihm mit dem Blick, während er sich entfernte. Plötzlich drehte er sich um, als ob ihn jemand gerufen hätte. Jemand verließ hinter ihm das Krankenhaus. Stéphanie riss die Augen auf. Das junge Mädchen dort unten mit den Haaren im Wind, das war doch Violaine! Hatte sie in der Eingangshalle auf Doktor Chasseloup gewartet? Und warum? Ängstlich beobachtete sie die Szene. Es würde etwas geschehen. Es wird etwas geschehen. Etwas Schreckliches. Etwas Wunderbares.

Violaine geht leichten Schrittes die Stufen hinunter. Vianney beginnt den Weg entlangzurennen, als würde er vor ihr fliehen. Er läuft zu einem Auto und schiebt hastig Schnee zusammen. Er formt einen Schneeball und wirft ihn nach ihr. Sie weicht ihm lachend aus und rennt auf ihn zu. Sie sehen sich an. Sie reden miteinander. Sie sind einander sehr nahe. Aber wie versteinert.

Stéphanie schließt die Augen und drängt sie instinktiv mit aller Kraft zueinander hin. Sie macht die Augen wieder auf. Sie … mein Gott! Und er … es ist unglaublich!

Es war sehr kurz, eine einfache Umarmung, dann gingen sie nebeneinander wieder los, den Weg entlang. Als sie aus Stéphanies Blickfeld verschwunden waren, wandte diese sich um und setzte sich benommen auf ihren Stuhl. Wie sollte sie Jean davon erzählen, wie sollte sie ihn an diese Vorstellung gewöhnen? Die Ärzte waren sehr deutlich gewesen: keinen Stress, keinen Ärger.
»Sch… Schläfst du, Jean?«
»Ich döse … Ich dachte an Vianney.«
Sie zuckte zusammen:
»Ach ja? Was hältst du von ihm?«
»Nein, ich dachte nur an Vianneys Vornamen. Man kann ihn nicht leicht abkürzen.«
Sie versuchte, ihn auszuhorchen:
»Und Doktor Chasseloup selbst, wie findest du den?«
»Ach, das ist so ein schlichter Allgemeinarzt. Nicht besonders helle, aber gewissenhaft.«
Seine Frau schien untröstlich. Ganz entschieden war es noch zu früh, um über das zu sprechen, was sie gerade durchs Fenster gesehen hatte.
»Er ist ein braver Kerl, der nie Erfolg haben wird«,

fuhr Jean fort. »Und der mir garantiert noch meine Praxis versenkt.«
Stéphanie erinnerte sich gerade noch rechtzeitig an den etwas speziellen Humor ihres Mannes.
»Du magst ihn also alles in allem doch ganz gern?«
Er bejahte mit einem Augenzwinkern.
»Worüber habt ihr beide gesprochen?«, fragte sie ihn.
»Über Bonpié, über den kleinen Bergeron und über Madame Rambuteau«, zählte er auf.
Sie wartete, bis er aufhörte, sie auf den Arm zu nehmen.
»Und über nichts anderes?«
Ihm schien etwas einzufallen:
»Ach, doch! Wir haben über Violaine gesprochen. Anscheinend ist er in sie verliebt ...«
Er fuhr sich mit der Hand an sein erschöpftes Herz:
»Ich werde versuchen, mich zu schonen. Ich möchte doch zu gern meine Enkelkinder kennenlernen.«

Waschen, Schneiden, Leben

Um seinen karrierebewussten Vater zu schockieren, entscheidet sich Louis für ein Schülerpraktikum im Friseursalon seiner Oma: sieben Tage Haare zusammenfegen im Salon »Marielou«. Doch auf einmal merkt er, dass ihm das richtig Spaß macht. Und dass ihm die Leute dort ans Herz wachsen. Ja, er will Friseur werden – auch gegen den Willen seines Vaters …

Der neue Roman von Marie-Aude Murail, die für ›Simpel‹ 2008 mit dem Deutschen Jugendliteraturpreis ausgezeichnet wurde.

Marie-Aude Murail
Über kurz oder lang
Aus dem Französischen
von Tobias Scheffel
240 Seiten, gebunden

Fischer Schatzinsel